谭德成 著

泥土里的影子

中国文联出版社

图书在版编目（CIP）数据

泥土里的影子 / 谭德成著. -- 北京：中国文联出版社, 2023.2
ISBN 978-7-5190-5116-7

Ⅰ.①泥… Ⅱ.①谭… Ⅲ.①散文集－中国－当代 Ⅳ.①I267

中国国家版本馆 CIP 数据核字(2023)第 031102 号

著　　者　　谭德成
责任编辑　　于晓颖
责任校对　　秀点校对
装帧设计　　肖华珍

出版发行　　中国文联出版社有限公司
社　　址　　北京市朝阳区农展馆南里 10 号　　邮编　100125
电　　话　　010-85923025（发行部）　010-85923091（总编室）
经　　销　　全国新华书店等
印　　刷　　中国文联印刷厂

开　　本　　880 毫米 x 1230 毫米　　1/32
印　　张　　7
字　　数　　131 千字
版　　次　　2023 年 2 月第 1 版第 1 次印刷
定　　价　　39.00 元

版权所有·侵权必究
如有印装质量问题，请与本社发行部联系调换

代序

乡愁的温度

陈 志

谭德成先生是近年来十分活跃的歌词作家,他作词的《百里三峡美如画》《一辈子记得你》《花开石旮旯》《粒米千滴汗》等数十首音乐作品早已飞出了三峡,频频亮相于荧屏,走红于网络,传唱于民间。同时,德成先生还是一位多产的散文作家,作品屡见报端和新媒体客户端。

壬寅仲夏,得悉德成先生赋闲后创作的散文作品即将结集出版,作为老部下感到由衷高兴,先生嘱我这个无名之辈作序,还是大大出乎我的意料,心中不免惴惴然、惶惶然。

近些年,我多次有幸与先生同行同游,见证了文集中不少篇什的新鲜出炉,常常惊叹于作者的才思敏捷和勤奋自律,羞愧于自己的愚钝和懒惰。为不辜负先生的信任与重托,我择一清凉地一篇不落地拜读了全部书稿。由于这些散文常常伴随歌词一并问世,且文中多有歌词呈现,阅读之中,先生那些音乐作品难忘的旋律时不时回荡在心头。

德成先生将书名定为《泥土里的影子》，我以为非常贴切。"沾泥土""带露珠""冒热气"，自然、明亮、真挚、亲切，是先生音乐和文学作品的共同特点。这些精短散文，或描绘故土乡愁，或抒写人间真情，或反映城乡变迁，富有人文情怀和时代气息，仿佛为我们打开一扇扇阳光四溢的窗，给人一种神清气爽的愉悦感和昂扬向上的力量感。

览读书稿，给我留下深刻印象的，莫过于德成先生对于乡土、乡情、乡愁的深情抒写，即使描写城市生活，也弥漫着"泥土"的芬芳。作者笔下的"乡愁"，发乎内心，贵乎自然，充满温度，妙趣天成。

乡愁的温度，源自本色。乡野农村，德成先生"生于斯，长于斯"，做过乡村教师，后来辗转多个岗位，但"农民儿子"的本色从未改变，孩童般"捕风捉影"的"好奇心"从未改变。作者善于发现山水之美、提炼生活真味、钩沉乡愁记忆，如《老家的春香》《乡音》《山梦》《春雨》《老屋》等，"我手写我心"，直抒胸臆，自然真实，不刻意雕琢，不故作高深，更不故弄玄虚，呈现出一种"文章本天成，妙手偶得之"的率真和"清水出芙蓉，天然去雕饰"的清新。

乡愁的温度，感于真情。"为什么我的眼里常含泪水，因为我对这土地爱得深沉。"品读德成先生的作品,我的脑海里常常萦绕着艾青的诗句。先生创作植根于泥土和生活,刻骨铭心的乡土情结,魂牵梦绕的乡村生活记忆,给他的创作注入了源源不断的灵感。书中感人至深的篇目不少。《想念父亲》里"既当爹又当娘"的父亲让我肃然起敬、泪湿眼眶,尤其是篇末的揭秘:"其实,他是我的养父,第一次把我搂在怀里的时候,是个寒冷飞雪的冬天,那年我才五岁。"阅读至此,我的眼泪夺眶而出。还有那个暴雨之夜,"把脸盆反扣在头顶"以避免瓦片砸头、惊恐万分的"我"(《遇见风雨》)。还有《缘起"棒棒"》《春月夜》《遥远的村落》《山居》《滨江小筑》等,篇篇都能真切地感受到他对故土亲人、对故旧新朋、对普通劳动者和创业者的真情厚爱,充满了浓浓的人情味和烟火气。

乡愁的温度,顺乎时代。"文章合为时而著,歌诗合为事而作。"德成先生从政多年,家国情怀早已深入血脉。敏锐地把握时代脉搏,热情地讴歌时代变迁,艺术地反映时代心声,是作者矢志不渝的追求。作者通过优美而温暖的文字告诉我们,铭记"乡愁",是为了创造更加美好的未来。如《下庄幸福人》《枫香里》《清欢渡》《初见池海》《溪口的故事》等,以小切口呈现大主题,以小故事反映大变化,折射出对脱贫攻坚、乡村振兴、生态文明建设、文旅融合发展的由衷礼赞，以及对热气腾腾现实生活的真诚颂扬，笔下呈现出一幅幅"看得见山、望得到水、留得住乡愁"的美好图景。

德成先生左手写歌词，右手写散文，歌词与散文相得益彰。书的创意设计，也观照到了这一个性特色，将三首歌词分别置于"有情有缘""有歌有乐""有闲有趣"三个篇章之首，起到了画龙点睛的作用，为这本著作赋予了诗意韵味和旋律之美。书中作品，皆由资深主播倾情诵读，从而让这本书既可随意翻阅，亦可静心聆听，于细节处彰显人文关怀。

谨以此文致敬永葆赤子之心的作者，致谢为此书出版付出智慧心血的编辑朋友，以及为作者的创作提供方便、给予支持的朋友们！愿德成先生文思泉涌、佳作迭出，岁月不老、青春永驻！

不揣浅陋，信笔由缰，权以为序。

2022 年 7 月

目录

有情有缘

想念父亲 / 003
老家的春香 / 007
窗 / 011
晒日子 / 015
乡音 / 019
遇见风雨 / 024
溢满爱的那一天 / 029
下庄幸福人 / 033
日子 / 038

这个老头儿 / 041
山居 / 044
风景 / 047
山梦 / 050
醒来的日子 / 054
缘起"棒棒" / 057
铁桥,故乡 / 061
老屋 / 066

有歌有乐

枫香里 / 071
沙溪 / 075
难忘天路 / 080
西边的胡杨 / 089

雪巅之吻 / 093
心光闪烁 / 097
秋天的遇见 / 102
九月的雨天 / 108

渴望春天　/ 111

五月雪　/ 114

泥土味儿风景　/ 118

一份延续的感动　/ 121

窗前新雨后　/ 125

茶　聊　/ 128

春　雨　/ 130

春月夜　/ 133

遥远的村落　/ 137

初试三餐　/ 140

有闲有趣

清欢渡　/ 147

四月小记　/ 150

樱花渡　/ 153

春　光　/ 156

铁路小村　/ 158

小憩泰安　/ 162

垫江·拾萃　/ 165

嘉陵江上小北碚　/ 169

山城巷　/ 172

山间老屋　/ 175

山　秋　/ 178

初见池海　/ 181

滨江小筑　/ 185

德心桥　/ 188

青天月　/ 191

春日小坐　/ 195

溪口的故事　/ 198

城池小景　/ 201

缙云深处　/ 204

巴山小记　/ 208

有情有缘

娘啊,娘啊
我的亲娘

那年那月那一天
狂风扫不走冰霜
娘用泪水熬碗汤
我在檐下别亲娘
娘说记住生我的地方
不忘这里的乡亲和爹娘
没有说完的那些话
都塞进了我的行囊

我的眼里是娘的忧伤
我的耳边是娘的希望
娘的最后一个抚摸
烙在我的脸庞
娘那全身的暖流
一下涌遍我的心房
娘那无尽的牵挂
总是在我的风雨路上

娘啊,娘啊
生我的娘
娘啊,娘啊
我的亲娘

——《别亲娘》

想念父亲

暮春天气变化无常,像小孩儿的脸。前两天一夜入夏,气温飙升,暴风暴雨,电闪雷鸣,局部地方冰雹袭击。今天一夜又像入秋了,寒风、细雨、薄雾,还有满地落叶。仿佛有乡愁召唤着,思绪静静地飘回故乡……

想念父亲,似乎他又来到了我的身边,似乎能感触到他的体温。其实,他离世快三十个年头了,每年春节风雨无阻,都一定会去乡下祭拜他,在他坟前敬上一杯酒,这么些年从未间断过。但是今年疫情却把我困在家里,心里总是挂记着,有些遗憾,有些无奈,有些愧疚。慢慢地,父亲的背影、面容、发须、声音,还有那支铜嘴烟杆儿和用了几十年的土陶酒杯,全都在脑海里涌现出来,亲切而又真切,特别是他戴着老花镜的样子顿时历历在目。

父亲四兄弟,排行老大,没有上过学堂。条件原因,当过兵,很快退役;当过铁厂工人,很快回家;当过裁缝，很快歇业；当过大队干部，很快卸任。种田种地却是一把好手，由于经历多见识广，心中多了一些道义。最得意的是能摆龙门阵，一到夏夜我家门前便热闹起来，家家户户用板凳搁门板乘凉。我睡在自家的门板上，父亲一边用篾扇为我赶蚊子，一边给大家摆龙门阵，滔滔不绝，越说越兴奋，常常是月落星稀的时候才收场。读书才能改变命运，父亲的骨子里认为读书比天大。

我上中师读书的事情，父亲为我操了不少心。记得那是在深秋里，一地白霜。清晨，父亲急切地把我从梦中摇醒，说入学通知书来了，我高兴得蹦起来了，父亲也有些激动，笑得合不拢嘴。通知书迟迟未到的时候，父亲一天到黑闷闷不乐。后来才晓得，他曾经一个人悄悄进城，专门去找儿时一起放过牛的干部，帮忙打听入学通知书的事，一双草鞋来回几十里，从天亮走到天黑。通知书收到后，父亲又添新愁，上学必须一次性给国家预交一个月的口粮，并自带衣被和生活用品。面对家徒四壁，父亲拼死扛着，"砸锅卖铁"保证我上学。后来我亲眼看着父亲顾不上自己吃喝，连天连夜往外跑，东家借西家凑。要走的时候，见棉絮还没有缝好被单，丢了数年的手艺又操在手上，一针一线地缝了起来。正式上学那天，雨特别大，我跟在挑着行李的父亲后面，看着他有些佝偻的背影，想着他这些天来的焦虑和辛劳，汗水泪水雨水一起淌。等我坐上客车，父亲又把湿透的五斤粮票放在了我手上……

后来，我进了县城工作，他一直陪在我身边。如果我出差，他会在门口看着我出门，并不断地叮嘱，絮絮叨叨地。一但听说要回家，无论多晚，一定会等着我进家门了才安心去睡觉。有一次，写材料状态不好，和几个同事酒喝多了，到家就什么都不知道了。醒来时父亲说，以后千万别这样喝酒了，要爱惜身体。父亲总是心细如发，有时候觉得他像个女性般弥补我缺失的母爱。我累了他陪着我说话；我乐了他陪着我喝酒；我工作有烦恼时，他总是劝我朝前头想。

父亲是深明大义的。我有从县里调市里的机会，因父亲古稀之年，多种疾病缠身，我有些担心无法开口。没想到的是，他主动要求我赶快给组织回信，服从组织的安排。他表明想回老家去，说想家想乡亲们了。

这样，我很快到达新岗位。父亲也回到了乡下，不久病情加重，神智也有些不清了。我连夜回家，坐在床上抱着他，像我小时候他抱我那样，搂着他有些瘦削的身体，父亲的眼睛突然有了亮光，顿时醒悟原来就是这亮光温暖了我和他在一起的每一个日子！当我起身离开的时候，父亲又突然伸出那双温暖又枯瘦的手，拉着我断断续续地说："我，你莫担心！真走了，不要因后事受影响哟！"那一刻我感受到厚重如山的父爱和如蚁噬骨的不舍。那句话，如今还时时回响耳边，那份双手的余温，现在还在。

现在想起父亲心就疼，他既当爹又当娘把我养大成

人。其实,他是我的养父,第一次把我搂在怀里的时候,是个寒冷飞雪的冬天,那年我才五岁。

老家的春香

春红花蕊,又长一岁。年年迎春,年年也送春。从没有像今天这样有滋有味地尝过春香。

清晨,我来到老家万塘梨海雪园。昨夜一场春雨,把这儿的天地洗得清新泛绿,千树万树的梨花盛开了。天边的云雾还在山峦流连,乡间的炊烟还在山洼流淌。一个个自然的小院落拴在一条条蜿蜒的银白色山道上,徐徐地展开山村的浪漫画卷。花姑娘似的,满面淡淡的笑,全身处处的香。

走进梨园深处,次第绽放的油菜花、李花、桃花,为了梨花闪亮登场,都放下了"春心",或隐居,或退舍,或陪衬,或当背景,甘为花梯,乐为梨花展尽风流。

这儿是梨花的家园,姐妹花朵相处愉快,但梨花始终不忘自己是主角儿。一登场就以"雪点枝头一山春"的豪迈艳压群芳,向膜拜的人流敞开柔软的心怀。一棵树脚一堆人，有老有少，有男有女，拥抱树干，手捧花枝，亲吻花朵，吮吸花香，为梨花唱起歌儿，跳起舞，使不完的高兴劲儿，让美丽的身影、美丽的心情定格在梨花盛开的怀抱。树下一位小姑娘把随风飘落在泥土上的花瓣一片一片捡起来，用手绢包着，她说回家放在枕边，在梦里听花开的声音，看天空铺天盖地地下花雨……

我三十多年前也曾到这里来过，而且工作驻扎了半年之久。那时，有树不成林，有花不结果。犁田挖地的农民，昼夜忙着，就求过一个逢节有肉吃、过年有新衣裳穿的日子。现在眼下，浪漫的山，浪漫的水，还有浪漫的花海，鸳鸯成双成对进进出出。当年熟悉的一个乡亲，已经八十出头了，他在前面给我们带路转悠村子，指着一片新改良的梨树，一脸沧桑的千沟万壑突然荡漾起无限的春光。他又指着迎面过来的一位老大娘，告诉我们说，那是他的幺姑，百岁只差三年了。我们油然而生敬重和敬畏，连忙上前握住老人的手，感到老人的身子热度满满。她说，眼不花，耳不聋，冷不到，这个天好，争取活百岁。话音一落，朝着我们哈哈大笑！

我每次回到这里，都会打听当年的房东，种种原因没有实现愿望。这次很欣喜地见到了他们。走进院子，黑瓦白墙，后山仍然是一片竹林，门前是新栽的各种各样的果树，花儿开得非常火红。当年的女主人已是古稀之年了。她把我带进屋里，一间一间地去看，并指着介绍我曾经住过的房、我吃饭用过的桌，一幕幕地再现当年的情景。那时，我才二十多岁，虽然生活条件非常艰苦，但他们待我亲如骨肉，好吃的、好用的尽留给我。此行，我再次重温了当年那份纯朴的真情关爱。我有些激动地握着她的手，拉着家常。她灶膛里煨的腊肉满屋飘香，瞬间唤起味觉的记忆，那可是当年最诱人的味道呀！她还说，家里当家的老头子因病走了，现在有两个儿子在外地打工，给她买了两份保险，日子过得很香……

我要离开了，她执意送到屋后的山梁上。我已经在又一座山梁时，她还在向着我挥手，虽看不清楚，但她的心头肯定还在翻滚着当年的往事。

至今，我还沉浸在那感动里。

不一会儿，晚霞飞舞，我回到梨园，在梨树下和同行的人聚餐，天的西边红彤彤的，日月交相升落。当时短暂教书期间的一位学生，闻讯而至，煞费苦心，为我们这一天安排生活，回味无穷。酒是乡酿，菜是土种，味是家常，猪肚把子爆炒，羊肚子脆烧，土鸡红焖，还有血旺和霉豆卷烧成的清汤，碗碗盘盘都盛满了乡思、乡情和乡愁。忘不了，永远忘不了，这片土地，我的老家。

学生的这一深情，我又联想到就在脚底岩坝下，乡亲伴随我度过了人生第一站教书生涯，而现在还时时传来，当年的村校没有在风雨中消失的故事，现在美传十里八乡。破落的庙子改建的学校，现在满园生机，鸟语花香，莘莘学子，桃李满天下……

  这方土地就在我心中成了老家，这方乡亲在心中就这样把我留在了他们的老家。每到这时节，我都会回去，闻一闻土地的味道，炊烟的味道，梨花的味道，春香的味道！

2019 年 3 月 19 日于开州

窗

初秋的早晨，暮夏的余热还没有完全褪尽，但秋的色彩已经粉墨登场。我在女儿曾经上过的大学校园里散步，不经意间走近了一个年代感特别强的小屋，一棵古老的大树守护着。树身斑驳雄壮，没有婆娑的姿态，却有弯曲盘旋的虬枝。就在这棵树下，一间小屋应该是20世纪70年代的风物。晨曦中的一束光，洒在有些风化的黄土墙上，橙色的斑驳影子，重叠在片片的落叶间，留下了温暖的光阴。唯有那扇窗，像是有心思似的，紧闭着，深红色的油漆木框，镶嵌着六块玻璃，爬满枯藤。我想这扇窗户里，一定有一些陈年的故事吧，是温情的还是冷酷的？是沧桑的还是平淡的？脑海里不由自主地闪现出记忆中的那些窗……

那是恢复高考的前夕，我非常有幸地成为一名师范学校学生。新招的学生入学了，宿舍却还在修建中，学校只好把我们这批新生中的男同学集中安排住在健身房，庆幸的是，我被安排在一个靠窗的位子。窗框是钢条焊接的，没有装窗门也没有窗帘，一到冬天用塑料纸遮挡风寒，但同学中仍然有嫉妒和羡慕，因为靠窗夏有风，夜有光。于是，窗户成了我和同学交往的纽带，我的床铺成了同学们的雅座，窗外的风景更是同学们夜晚喋喋不休的热点话题。那时青春年少，心怀激情，曾无数次地在窗前遥望星空，畅想未来，真是少年不识愁滋味啊！后来，住进了小寝室，还在怀念日夜都敞着的那一扇窗，陶醉来自田园的交响，回味来自土地的芳香。春天里百鸟歌唱，夏天里风云赛跑，秋天里月色风高，冬天里雪花飘飘……那一幅幅风景画卷时时在窗前掠过，永远珍藏在记忆里。

  又想起小时候，记得父亲和母亲曾经为修建窗子的大小吵过架。母亲固执，坚持做小一些，用砖块砌框，让猫儿能进出就行了，既透光又防风防盗，还能节省材料。父亲是个见了些世面的人，却不以为然，由着性子把窗子放大了，还用砖块砌成了格子，看上去又美观又亮堂，但是遇到刮风飘雨就遭罪了，母亲便喋喋不休地埋怨。父亲手巧，脑子也灵活，动手用竹子密密地编织成窗户大小的篾笆折，装在废弃的尿素袋里，用在遮风挡雨时，效果不错。

那时的月夜,我和父亲经常在窗前仰望星空,看月缺月圆。有时在窗下的蛙鸣声中,欣赏萤火虫在夜幕里忽明忽暗的闪亮。我还没完没了地问父亲,窗外最远的山那边就是天边吗?天边是不是搁在最远的那座山上?父亲总是微笑着抚摸着我的头说,长大了出去看看吧!后来他真的默默地把我送出了山,让我自己去看窗外那个最远最远的天边!

我曾经当过小学教师,是一个破庙改成的山村小学。寝室约七八平方米大,地面很潮,光线很暗。唯一喜欢的是那扇木窗,那工艺、那材质让人赞叹。窗框像茶盘,方方正正,线条笔直;窗杆溜圆,竖式排列,拦腰木条;窗门板式,凸现花纹,装有门栓。窗外是一堵高坡,挡住了视线,让人感觉压抑。坡面上杂草丛生,檐沟阴森,总是担心蛇虫爬进来,每次进屋都小心翼翼的。到了夜间,窸窸窣窣的声音更是让人害怕,赶紧把窗户一闭,便是万籁俱寂。时间一长,也定下心来安居乐业,工作之余拿起手中的笔写一些豆腐块小文章发出去,居然收到了刊发的回执,顿觉心窗打开,没有那么压抑了……

零零碎碎的片段不断闪现着,步子也越来越沉了,抬头望见校园里幢幢教学楼里的每一扇窗,透射出现代化的光影和美感,窗里正青春的学生们已经跟我那个时代完全不一样了,他们拥有的一切,我们发自内心地羡慕和祝福。

窗里窗外都有故事，窗里的故事是我们自己的，窗外的故事是别人的……

晒日子

  冬至刚过，回到阔别四十多年的老家，熟悉、亲切而又有些遥远的情感油然而生。田坡地头，山间沟河，一草一木，已不再是记忆中的心酸和苦涩了。池塘边荷田坎，一栋又一栋的小楼房，造型别致，耀眼而夺目，处处青山叠翠。翩跹的白鹤，袅袅的炊烟，像画卷一样的新村景象倒映在水中，摇曳在梦幻里……

  久寒回暖的村子里，已经有了年的味道了，也似乎听到了春天的脚步声。城里一样的马路上，戴着红领巾的儿童在风儿中雀跃奔跑；工厂一样的田园里，忙碌的身影来回穿梭。坐在院坝晒太阳的那些老大爷、老大妈，一张又一张布满皱纹的笑脸堆在一起，合不拢嘴啊！不知是风迷了眼还是有些激动，正说话的老人居然流出两行滚烫的热泪！

  是啊，这些老人已经苦到尽头了，虽然面容充满沧桑，但心窝窝里却是满满的甜蜜，善良勤劳的大爷大妈们经历了太多的波波折折、坎坎坷坷，现在的日子真可谓苦尽甘来。他们看着我长大，踩着露珠把我送出村口走出泥泞的山路，千般叮咛，万般嘱咐，我一辈子都难以忘怀。我家对门的郭大姨已过九十岁了，她一眼把我认出来了，一声接一声地叫着我的小名，我拉着她的手一股暖流在心头涌动。她不停地唠叨我儿时读书放牛、割草喂猪、砍柴挑煤、赶鸭摸鱼那些事，记得那么清楚，我不禁泪目了。其实，她那时撑起家也不容易，可以说是苦难重重。丈夫是个纤夫，长年累月在外面以拉船为生，一年半载都回不了家。郭大姨既要养老又要抚小，大儿子常年有病，二儿子出走后杳无音信，勤劳也难养活一个家，天天的生活除了苦水还是苦水。说到现在，郭大姨眉眼里都充满了喜气，不断地感叹满足的日子。我俩手挽着手，走进了她的家里，她指着亮堂的客厅说："这是幺儿子挣钱修的楼，楼上楼下三层高哟，水电气都有，方便得很啦！煮饭，洗澡，按下开关就行了。"话音未落，又端来一盘红彤彤的桔子，热情麻利性格依旧。

  转身又来到当年的妇女主任家，浓浓的烟火气，她和老伴儿也是八十多岁的人啦，衣着还是那样朴素而干净，说话响亮而欢快。虽然眼睛看东西有些模糊，但听力不减，听着我的声音，也喊着我的小名，连忙招呼我坐在火炉旁，细数起口口相传的陈年往事。他们有三个女儿，现在个个生活条件都好。说话间重复最多最美的一句话，就是活在了好时代。其实在我记事起，他俩身体都孱弱，尤其是她老伴儿哮喘严重，到了走一步哼几声的状况，没想到几十年后还活得这么向阳。恰在这时，她的二女儿骑着电动车，把母亲在医院就诊的账单送回来了，全家人又感叹医保政策划算得很。此时，火炉边上的一个个脸庞焕发着红光……

院子里的那棵桂花树粗壮又茂盛，见证了世事变迁。在树下遇到了我家隔壁的丁大叔，他也是奔八的年纪了，但身体仍然硬朗。顿时，我想起了那勒紧裤腰带生活的年代，丁大叔常年在烽烟滚滚的改土造田战场上，站在红旗招展的山岗上，一遍又一遍地诵读毛主席的语录，下定决心，不怕牺牲，排除万难，去争取更大的胜利！接着，抬起石头，喊着号子，鼓足干劲，力争上游，气吞山河的架势……当我问到他现在的生活状况时，他马上接过话说："好啊好啊，四世同堂啦！马上又要过年了，一家人还要开车去城里包席团年哟，摆上几大桌庆贺庆贺，图个来年兴旺。"我特别注意他当年打钢钎受伤的那双手，而今还很好，端起一杯热茶，冒着满满的香气！

远远地听到有人在跟我打招呼，那是正在鱼塘起网的一个远房堂兄，我连忙走前去握着他有些粗糙的双手。他一张嘴就穿越回到了年少时在宣传队的那个样子，像说快板那样晒日子，围观的乡亲都乐了起来，心儿和那鱼儿一

起欢跳，一个其乐融融、和和美美的家园。

　　岁月流逝，弹指一挥间。当年坐南朝北、环山环水、住有十多户人家的瓦屋老院子，已经没有记忆中的影子了，但在这儿，一群走进古稀之年的老人们的笑声，一天也没有间断过……

乡 音

前几天,堂叔的女儿来电话,说他父亲到重庆来过年,正好我也在重庆女儿家,让我喜出望外。记得上次见堂叔,还是他七十岁生日的时候,一晃又是好些年了。他当时就给我们说:"等你们闲一些的时候,我们要像过去团年那样,吃个通天大亮,摆一摆陈年往事,不然再下几辈人,都记不住乡下过年的味道了。"我立马在酒店预订了团年饭,邀请堂叔一大家子,陪他第一次在城里团年。

堂叔近八十岁了,他膝下两个女儿,都在重庆打工安家了,这次从乡下来,就是想看看他们的生活情况。席间,他情绪激动,喜不自胜,说得最多的就是,现在天天都在过大年!

从他的话里边,我深深地感受到他从心里流出的满满喜悦和感慨。看看堂叔的穿着,整整洁洁,比当年在农村上街或走亲戚时要体面多了,还有堂叔的口袋也不羞涩了,两口酒喝下去,马上给桌上的重孙儿发起红包来,再就是堂叔的精神面貌也很好,稀疏的头发,虽然有了浅浅的花白,但是仍然光亮,脸色红润,精神矍铄,说起话来还是像年轻时那样中气十足,声如洪钟。堂叔不停地感叹,想都没敢想过能有这样的福气,能在有生之年看见社会发展得这么好,满足了满足了!那些曾经写在书本里、挂在嘴边上向往的电灯电话楼上楼下,全部实现了,而且比想的还要好得多、多得多!

  开心之余,堂叔开始叙说过去过年情景。那时,物资匮乏,因此把过年看得格外重些,一年到头大人娃儿都盼着望着这一天。现在我还记得,每到十冬腊月就开始盼过年了。杀猪饭、腊八饭、团年饭,想起嘴就馋。灌香肠、熏腊肉、腌猪肝,关不住的香气扑鼻而来。家家户户也开始清檐沟、扫院坝、烧烟堆,里里外外收拾得干干净净,门窗左右窗花对联红红火火。为了过年热闹,宁肯月贫也要年富,把积攒的家底全都亮出来,高高兴兴过年关。

  最难忘的就是堂叔家的团年饭。那是每个大年三十,大人在鸡叫时就要把我从床上喊醒,穿上新衣新鞋,举着葵花杆儿捆绑的火把去堂叔家团年。上桌前母亲约法三章,堂叔的父亲,也是唯一健在的幺爷爷,他没动筷,大家不能动筷。吃饭夹菜时,不能丢落筷子,摔烂碗。好吃的先让大人吃。当时我不懂这些,耳朵听着,眼睛却盯着第一个端出来的头碗菜,饥肠辘辘的我已经顾不得母亲的告诫,迫不及待地夹了一大块肉,吃得满嘴流油。母亲的脸当时就黑了下来,眼睛瞪着我,又怕影响大家的团年心情,准备打我的手收回去了。堂叔在我父辈兄弟中年龄最小,他贴着我耳朵说:"莫怕,想吃什么夹什么。"后来大家动筷子了,胆子就大些,白米干饭上来,我赶紧去舀了满满一碗。不一会儿,桌上一层叠一层的满桌年饭像削山头那样被削平了,门一打开,鱼肚白的天边渐渐地泛起红云……

屈指一算,距上次与堂叔一起团年,居然已经四十年了。时间都去哪儿了?时间在流逝,在改变着我们,也在改变着一切。

真是今非昔比啊!前不久大河边的一个儿时玩伴打电话给我,喊我回去过年,说了一串串的变样,听着他有些激动的声音,我也跟着兴奋不已,心潮起伏。他说,家家新楼房,水电气城里样,上个街进个城都是车去车回,团年饭也上酒店吃了。当年门前的那坝田,已经不是老模样,像公园了,潺潺流水,四季花开,工厂似的田园,就是你们城里人说的小康那个样子……

一个电话让我久久不能平静,也让我钩沉起许多往事来,但更多的是夜不能寐的感慨!

再过几天,堂叔将要回到大河边的老家了。我托堂叔把我对那片土地的眷恋也带回去,我也好想回到生我养我的大河边……

泥土里的影子

那个时候的大河边
几间木板房半边街
鹅卵石铺成的路面
溜溜滑滑深深浅浅
四季轮回天晴下雨
一灶柴烟风儿飘散
那个时候的大河边
黄葛树脚下一条船
过河人喊声从不断
来来往往夜夜天天
寒来暑去两条硬汉
一根竹篙见水就欢
那个时候的大河边
渠水满灌的百亩田
年年春绿年年秋黄
起起落落清清闲闲
小溪流过家家门前
一方宁静随心随缘
那个时候的大河边
慢慢的时光水车转
收割的麦子磨成面
粉粉白白丝丝线线
露天晾挂太阳晒干

一捆面条当家过年
心心念念,好想回到大河边
石桥月儿弯,水井镜子圆
青青河边草,再把牛儿牵
看那鸟儿飞,飞到山边边
还有那里的红杜鹃

写于庚子年除夕

遇见风雨

最近郑州的特大暴雨刷新了我们对强降雨的认知,一天的降雨量接近常年一年,肆虐的大自然让人类惊恐又深感自身的渺小。近两天,川渝地区强降雨预报不断推送,大家都高度警惕严阵以待。我的脑海里不禁涌现出经历过的风雨画面,历历在目,钩沉二三事。

一

那是1976年春夏之交,从农村推荐进入开县师范学校读书不到一年的我们,被抽调去搞社会实践活动。正在接受出发前集中培训时,突然接到通知,全县大面积遭遇暴雨风雹灾害,县里临时决定把我们这批学生编入工作团,立即扎根农户先救灾。

军令如山倒,没有一丝犹豫,我们像行军一样,卷起铺盖卷儿,提着脸盆和口杯等洗漱用品,跟着上天白山区的这个工作队队长乘车来到一个叫镇安的地方，接着徒步跋涉几十公里崎岖泥泞的山路。

我们一行几十人马不停蹄，来到半山腰的坡地边，脚步不约而同地停了下来。一片被大风冰雹损毁的庄稼全部趴倒在地，惨不忍睹，一位白发苍苍的老大娘在一边扶苗一边抽泣，几位老大爷木然地挖沟排水。几天前，天白管辖区域内无论是山脚山里，还是山沟山顶，无一幸免，都遭受暴雨冰雹碾压式袭击。金黄的麦穗正等着收，饱满的油菜还没来得及割，亭亭玉立的玉米苗长势正好，田里绿油油的秧苗正要移栽……猝不及防的灾难从天而降，这一季又白忙活了！散在山窝里的房屋，也被暴风拉垮了架子。

"天无情，党有情。"那时只有十九岁的我，看到沿路岩石上刚刚用石灰刷写的标语，第一次感受到我们党在群众心中的力量。当时我们的队长非常冷静，率队继续前行，山顶上还有更重的灾情在等着我们去救援！

路难行，行路难，饥肠辘辘，肚子咕咕直叫。我们好不容易爬上一个垭口席地而坐，准备各自取出干粮填填肚子时，天公又发怒了，电闪雷鸣，风狂雨骤。队长喊一声"躲"，我们每个人挟着行李以百米冲刺的速度拔腿就跑，安全歇在一壁岩石下面的洞子里，但是衣服已经湿透了，紧紧地裹在身上……

一会儿，风静雨停，太阳也偏西了，又赶了两三个小时路，各自住进了农户。其实，对我来说就像是回到了自己的家。年长的像父母，年幼的像兄妹，喂猪放牛劈柴煮饭，样样熟悉，一入门便有了"打成一片"的感觉。到达那天晚上，房东大娘看见我脱下的解放鞋已经磨穿底子了，脚掌上还有血泡，转身用衣角揩掉泪水，在月光下找来一颗皂荚树刺，为我刺破血泡并用供应的白酒来消毒。

那一瞬间，我眼眶里噙满了泪水，泪光中闪现的是我母亲的面容！

二

一年后的九月，我被正式安排在老家铁桥所辖，一个名叫三台的村小当教师。这个村子在外小有名气，是县区共抓的样板村，任教的老师个个都是顶呱呱的，当时县教育局长也是从这个村里走出去的。我从走进校门那天起，内心一直都很忐忑，也充满着希望。

"教育的春天来了！恢复高考制度了！"学校的校长在大会上握紧拳头说。我的心由此兴奋了起来，深知学生一碗水来自老师一桶水的道理，咬住牙关，一边教学相长，一边挑灯夜战"恶补"知识。

一个周末的晚上，老师们都走光了，我却主动留在学校备战自考。让人意外的是，刚刚翻书没几页，我的油灯突然被风吹熄了，朝窗外一看，乌云密布，电闪雷鸣，狂风大作，教室门窗乒乒乓乓地撞击着，操场上开始是尘土漫卷，瞬间又变成看海模式，教室旁的榆树也被狂风拦腰折断，枝丫乱飞……我还没来得及关闭寝室门，只听见屋顶上稀里哗啦的声音，瓦片被风掀跑了，露出一个大窟窿！紧接着哗啦啦的雨水、碎瓦片从天而降，为避免瓦片砸头，惊恐万分的我，把脸盆反扣在头顶上，躲在房间的一个角落里，经历了一次难忘的"自考"。

万幸，孤独无助的我，平安无事。

三

又是一年的一个周末，我回了趟老家。正在忙收又忙种的父母看见我回来，连忙丢下手里的锄头和背篼，回家又立马在茅草搭建的灶屋里忙起来。父亲升起地炉子的火，母亲从瓦罐里抓一把汤圆面反复搓揉后，用小铁锅煎腊肉饼子。肉饼散发出扑鼻的香气，大家的眼神发亮，忍住唾液往肚子里咽，一顿美餐就要到口了。这时，外面突然传来咆哮怒吼的风声，一阵暴风吹过，把茅草屋顶掀开了，大雨如注，汗水还没干的母亲又被雨水淋湿了头，一边祈祷天老爷，一边连忙把锅盖盖上，保住肉饼不被雨淋。

一会儿雨歇了，母亲没有哭出声的脸焦黄。当她揭开锅盖时，突然放声大哭，饼子浮在一锅雨水里。父亲在旁边默不作声，一脸无奈。心疼啊，那是他们攒了一年的珍藏啊！

说时迟那时快，母亲突然止住哭声，挽起袖口，把锅里面的饼子，一个一个地捞起来，用清水冲洗。父亲明白

了母亲的意图，连忙默契地又升起了炉火……

那年那月的味道，虽然有些苦涩酸楚，但是现在吃汤圆粉肉饼，却再也没有当年的美味了。

一生中会遇见很多风风雨雨。风雨里有故事，风雨后有彩虹。

溢满爱的那一天

那天是五月二十日,一早打开手机,很多关于年轻情侣晒鲜花晒礼物的新闻,我心想,这不过是商家的促销手段罢了,对我来说,就是平常的一个日子而已。吃过早餐,正在小区散步,老伴儿打来电话,说今天天气好,想一起出去走走。于是,回家提个小包,我俩就出门了。

小区到玉带山轻轨站有一段路程,我俩选择了步行。一路上是坐车看不见的风景,比如,一桶热水,一个脸盆,一把木椅,专为老人理发的师傅频频地与过路人打招呼;靠着路栏半蹲着的大妈,正在摆弄鞋刷、鞋油和擦鞋布,眼睛盯着来往行人的双脚,满脸期待地微笑着;或挑或背或提的流动小贩,油盐酱醋茶都有……一路上沉浸在了都市浓浓的烟火气息中!

我俩是第一次走进轻轨站，对一切都很陌生，不停地询问工作人员。当听说我们要去中央公园时，热情的工作人员便快言快语地回答，"火车南站转10号线"，话音未落便转身去搀扶一位下车的盲人。车门关闭的瞬间，我们又看到了他忙碌的身影。车厢里，似乎都是"低头族"，除了轻轨运行的轰鸣和广播不停的报站声音外，没有其他声响，井然有序。靠车窗装满午餐的推车，在抢分夺秒的时间工作，每到一站都准确无误地投放到点，两个工作人员的额头挂满了汗珠……

正午时分，我俩在一个小店用餐后来到了坐落在渝北区的中央公园。阳光温暖柔和，很多人惬意地享受着初夏舒适。老伴儿听到林间传来小提琴声，立刻循声而去，我一个人径直去了公园的中央广场。蓝蓝的天空上红旗飘扬，风筝飞舞，路边挺拔的大树整整齐齐，密不透风，置身草坪的老人像小孩一样撒欢，小孩像停不下来的陀螺，一群又一群的大妈花枝招展，争奇斗艳，尽情地展现记忆中的青春年华。一会儿音乐响起，广场另一侧正在拍快闪，从不同方向的树林里涌出数百人，边走边舞，簇拥着鲜红的旗帜，合声高唱着《唱支山歌给党听》，场景气势恢宏。我和老伴儿上前去围观，也跟着一齐热泪流淌……

下午五时许，公园里的人陆陆续续地散去，我和老伴儿小憩在梧桐树下。只见远处有个人迎面朝我们走来，好像在跟我打招呼，他越走越近，走到跟前时我才认出来，是以前一起工作过的一个小青年。他那天在附近办事，居然在这里巧遇重逢，无比地感慨着这辈子与"三生有幸"的缘分。我们在林荫深处边走边寒暄，回忆过去相处时光，表达分别多年的想念，说到动情处，彼此感慨多多。临别时，他执意要打车送我返回，我们怎么推辞都不行，于是随缘遂愿，一起上了车。在车上我们继续滔滔不绝地聊着，聊工作聊家事聊亲情。由于处在城市堵车高峰时段，半个小时路程走了一个多小时。司机风趣地说："时间最懂你们的心事。"看到我们下车了，他才依依不舍地消失在茫茫的夜幕里！

　　凑巧的是，我和老伴儿在四十多年前教过的一个村小学生，也在那天打来电话，他从西藏回重庆了，约定在晚上聚餐，真是喜出望外。七时许，满满当当的一桌师生，情不自禁地回忆起当年学习往事，在一个石板课桌上写作业，裹着泥巴的双脚踏霜破冰，生满冻疮的双手捧着希望，寒夜挑灯夜读，夏夜月光下书声琅琅……几十年过去了，虽然现在脸上都有些沧桑，但个个都实现了当初的梦想。当他们举起酒杯敬我们那一刻，桃李满天下的幸福感油然而生，师生间的惦念和牵挂随着岁月的流逝越来越深厚，越绵长……

那天是一个溢满了爱的日子，那份温暖会长驻心里。因为有爱，我们的生命才有力量，有光芒。尽我们所能，爱世界，爱生活。

下庄幸福人

2020年初冬,重庆第一场雪纷纷扬扬,飘飘洒洒。下庄"天路"入口处,银装素裹,村里便民服务中心一面旗帜迎风飘扬,格外鲜艳夺目。一群慕名前来的参观者被眼前的景色迷住,不停地惊叹、赞美、欢呼雀跃。艳丽的彩林在山雾里时隐时现,新建的楼房和雪地白成一片,炊烟升起的地方像童话世界。村民暖融融的心窝窝里,还沉浸在刚刚从北京传来的喜悦中,带领他们修筑心中"天路"的村支书毛相林被国家授予"当代愚公,时代楷模"称号!村口新竖起了一块木牌,上面写着:"学时代楷模,走下庄天路!"络绎不绝的参观者被持续感动着,不断刷新自己的想象,大家看到了下庄人像大山一样的厚重、比风景还美丽的精神风貌,更是亲切地感受到了他们现在那种自豪,那种简单朴素的幸福!

午后时分,终于到达了"世世代代活在一块井底天"的下庄。前后左右都是绝壁山峰耸立合围,世外桃源一般。

虽然已经入冬，但这里仍是生机盎然，一坡橘林满树金果，笑得直不起腰。我们下车来到新村建设命名的"三合院"民居，三家人合修的三层楼房整洁亮丽。主人杨亨双径直把我们带到火塘边，几条板凳围坐在一起，暖意融融。他七十多岁的老母亲正在火塘边织毛线袜子，一身衣裳整洁红艳，脸庞发光，虽然腿脚已经有些不灵便了，但是精神饱满，头脑清醒，说起话来滔滔不绝。夸党夸政府，还夸家里的日子。她指着儿子杨亨双说，他在村里的电站打工，还经营家里的住宿接待。话音还未落，一声哈哈笑得合不拢嘴。这时，邻居家不到三岁的孩子把她手机拿去玩看抖音，欢快活泼的音乐弥漫开来，冬日里的农家温暖如春！

　　下庄人一夜梦天开，因路通而脱贫，因修路而闻名。用不怕苦不怕死的精神换来了幸福生活的画卷。我们走在宽敞蜿蜒的新村道上，凝视着云端上的山峰，心情又有些凝重。仿佛看见了下庄人在绝壁上凿"天路"的场面，男女老小风餐露宿的情景，绳索缠腰悬挂峭壁开山放炮的滚滚浓烟，还有那一幕幕感天动地的悲壮！这时，从屋子里走出来一个老婆婆迎面打着招呼。她自我介绍，七十二岁了，叫张国香，从门前的山外山天外天嫁到这里来的，好多年都没有回过娘家。等呀，盼呀，想了几十年的出山路终于打通了。她有些不好意思地说，当年自己也上了修路的战场，白天给大家煮饭，天晴落雨，打霜落雪，在工地睡岩洞，接受电视采访的那个人就是她。说起现在，她情绪激动，笑容荡漾，从树上摘几个柑橘塞在我们手里，口口声声地说现在好哇。她大女儿在重庆陪孩子上学，小女儿在巫山陪孩子上幼儿园。她和老伴儿在村里也没有太多的顾虑了，相信今后会越来越好！

夜幕降临了，村子里万籁俱寂。灯火通明的农家安安宁宁，和和睦睦，坐在电视机前笑声不断。路过刘恒堂家门时，听到我们说话的声音，全家人都出来了，还把院子外照明的灯打开，主动问候我们。他的老伴儿抱着刚出生不久的小孙女一直朝着我们笑，他的儿媳牵着七岁的儿子也一直跟着笑，其乐融融的一家人。后来才知道，他儿媳唐艳玲是江西吉安的，爱上了下庄人嫁到这里，说起下庄的变化，如数家珍。

当我们正要离开时，老刘的哥哥又来了，说话像放鞭炮似的，噼里啪啦噼里啪啦一阵子。他也是筑路功臣，不停地感叹日子过得安逸，路通了，产业也好起来了，面条卖到八块钱一斤，有个儿子大学毕业后在江津教书。父亲九十一岁了，看报不戴眼镜，走路不要拐棍。山脚下有老屋，公路边上又有了新房子。我们又不由想起很多年前都崇尚的一个观点，那就是路修到哪里富裕就到哪里。今天的下庄人感受到了，而且很深刻！

八十一岁的王光汉，腰有些弯了，但他在山里是个永远不屈服的人。修路要年轻人，他就在田间地头忙挑送。至今讲到那些往事，他的眼里还闪着光。我们见到时，他正在屋前屋后转悠,悠闲自在的样子。很满意天天过的日子,走路不沾泥,吃水不用挑。弄不明白的是,除了穿着整洁外,霜雪没有染透他的头发。他说和老伴儿在一起,都还健康。我们祝福他长寿百年,他咧开嘴哈哈哈地笑了!

在这儿总是遇见一张张笑脸。路通人和的下庄,从善,贵和,忠孝,已成一种风尚。三合院墙头上的光荣榜,挂满全村三十三个示范户的笑脸。古化今,今润古,幸福都是奋斗出来的。下庄人的幸福笑脸在脑海里挥之不去,感佩于下庄人的精神,赋词一首——

下庄

左也一座山,右也一座山

前也一座山,后也一座山

四面合围,绝壁百丈渊

祖祖辈辈活在一口井底天

太阳月亮最亲的下庄

出山像登天一样难

春叹一座山,夏叹一座山

秋叹一座山,冬叹一座山

四季苦熬,生活百道弯

生生死死魂在一口井底天

盘古开天不息的下庄
山里的雄鹰飞天堑

一代新愚公
一群领头雁
一夜春风梦天开
十年凿壁赤膊战
风餐又露宿
流血又流汗
下庄出山路
盘旋群山之巅
大山长出的硬汉
风雨如磐
热血铸就的天路
下庄精神的画卷

2020 年 11 月 26 日于巫山下庄

日　子

　　正值盛夏，雨水却缠缠绵绵，虽然气温不高，但是特别闷热。昨晚一场大雨喧哗了一夜，早起难得一见天空明亮，还有微微的凉风。好久未出门了，突然兴起，约好朋友来到离万州城区几公里的万斛村。远山飘着云雾，空气十分清新，脚下的石板路经过雨水冲刷，又添几分油亮的光泽……

　　我们信步走进一个农家小院，一身休闲装的女主人脸上一片晴空，摇着尾巴的狗半蹲在她的身边。用石块垒成的院墙，一米多高，爬满了瓜藤。院墙外的葡萄架，在阳光下青翠欲滴。房屋旁边一口开山取石后形成的小池塘，古树浓荫，碧水荡漾，一群鸭子自由自在地乐着。屋前屋后的樱桃树成了最美的风景林。

　　小院似乎很有年代感，亲切而又熟悉。黑瓦盖着的黄土墙上，挂了两个牌子，格外醒目。走近一看，一个是市人民政府颁发的"光荣之家",一个是两张明白卡,上面写着农村生活垃圾分类和资源化利用,万斛村五组农户门前三包评比等内容,还标出了优秀、良好、合格、加油的图示。女主人露出微笑,自豪地跟我们说,这个不重要了,大家已装在心上了。真是这样,一个村子里的人都明白这些条条好,不习惯变成习惯,习惯已成了自觉,家家户户,常年收拾得干干净净的,生活起居跟城里也差不多了。这就是落实好了明白卡的最好样子。

一会儿,女主人又把我们带进屋里,一间一间地介绍,普通农家的新摆设,生活的常用品,包括电器配备齐全。要说稀奇点儿的还是祖辈留下而现在用的那张床,算得上家里的传家宝了。床杆床柱刻满了花鸟鱼虫,床前的踏脚板,配置了灯柜,上面的图纹里隐隐约约的有表达吉祥平安益寿的字样。由此,她很感谢父母在那穷的年代不但没有将它卖掉,而且保护下来了。现在说起这张床,就有些激动。

我们谈笑着离开小院,来到了屋后的山顶上,仿佛站在了一片汪洋里的小岛上,俯瞰城市,仰望蓝天!原来万斛村就是坐落在"千亩田,万斛粮"的万斛城上,尚存古往通行的三道寨门。那些沉淀的历史、传说、故事正在紧锣密鼓地启封,村子里热气腾腾。据村里的老人说,这里经历过毁树又栽树,毁耕又开垦的起起落落。现在都好了,真正的山清水也秀了,樱桃成了村子的品牌,春天采

果时节，人和车拥挤不通！

正要下山时，碰上了当过兵的男主人老任，一看他就是见过世面的样子，清扫村子马路的一身热汗还没干。主动搭起话来，他说："现在这日子要得。村子里住起好，晴天看云霞，雨天看雨雾，天天轮番看，离天很远，离城很近。太阳出来真是一片喜洋洋，晚上在坝子里看个月亮，喝点小酒，数一颗又一颗的满天星星。"话还没有说完，一位白发苍苍的老大娘满面红光走过来，把话抢过去了。她说："十五岁来这里，又过了七十一年，还没有活够，想到九十岁时，等政府再加补助哒……"把现场的人逗乐了，老大娘自己也已笑得合不拢嘴了，好像一朵向阳花儿开！

正午时分，炊烟升起的地方，飘来了酒香！

这个老头儿

我们小区有一个做清洁的老头儿，身板不粗壮，有些清瘦，也少言寡语。头发剃得光光的，常年穿一套黄色的工装，洗得褪色了，已经泛白。他的那双眼睛，劳动时死死地盯着地面，一片落叶都不会放过。春天里拾起一地落花，夏天里汗水洗清朝露，秋天里修剪绵绵的枯藤，冬天里喝着霜风铲走岁月，可以说是用尽全身力气，呵护我们的家园！

有一天雨后，我在小区散步，碰上了正在忙碌的老头儿。他从楼道出来，累得满头大汗，汗水像油珠颗颗滑落，衣服拧得出水似的。但没有停下脚步，接着不快不慢地提来满满的一桶水，用抹布擦洗林荫道旁的一个个垃圾桶。这时，一个年轻人走过来，行色有些匆匆，不知是有意还是无意，把没有熄灭的烟头丢在了已经擦洗过的垃圾桶盖上面了，扬长而去。此时，不知咋的，我顿然难受起来，长长地叹了一口气。也许是真无意，也许是压根儿不把小节当回事儿，感觉缺乏尊重别人、尊重劳动的起码德性。比我更憋气的应该是那老头儿，无可奈何地望着年轻人的背影，嘴唇哆嗦了很久，一句话没有说出来，脖子上鼓起像蚯蚓一样的青筋。片刻，这老头儿似乎平静了些，默默地用手指掐灭烟头，轻轻地揭开垃圾桶盖，扔进了桶内，然后习惯性地朝着桶盖吹了吹烟灰，用抹布擦了好几遍……那一瞬间，我心中油然升起像对山里老父亲一样的敬意！

　　没隔多久，我又来这里散步，偶然发现这个老头儿也是一个有脾气的老头儿，远远地听见了他和一个老太婆在争吵，满嘴的气话脏话朝着老太婆身上"泼"。老太婆一声不吭，悻悻地远去，他还朝着老太婆离去的方向指指点点。当我走近老头儿时，看见他的情绪有些激动，但是手没有闲着，不停地擦拭着座椅的后背，主动地跟我搭起话来，想发泄心中的愤懑。他说："这个人不知道是从哪里'飞'来的，近段时间天天来这里翻垃圾桶，值点钱的废品都被她收走了不说，还把地上弄得乱糟糟的。"从这个老头儿的话里也明白了，他也是靠清洁区可回收废品找点"外水钱"，因此对来历不明抢他资源的老太婆发起火来，不许她来这里了。不一会儿，戏剧性的是，这老太婆斜挎着装满矿泉水瓶子的布口袋回来了，一脸木讷，乱蓬蓬的头发灰白，眼神无助地望着老头儿，并问道："我的家在哪里？"顿时老头儿蒙了，有些尴尬，明白了这个老太婆不太正常，很可能是患了老年痴呆症。看着老头儿的脸色柔和了下来，他放下抹布，牵着老太太的手说："我只能送你到大门口，你的家不在这小区。"这一刻，我突然被震撼了，人性的善意、对弱者的怜悯在老头儿身上得到了最好的体现！事后很久，我的脑海里还有他俩一前一后的身影浮现！

前几天，我从外地回来，车刚刚在小区门口停下，第一眼就看见了这个老头儿。他挑起像两座小山一样的破烂物品，个子本来不高的他，夹在中间越显矮小，但从未见他情绪这么好过，满脸皱纹绽放，咧着嘴笑着。遇见来来往往的小区人，不停地点着头，打着招呼，额头的汗水像珍珠一样闪着亮光，似乎忘了肩上的压力。我想，或许是他家里的饭菜已香，或许是他家人已经在门口等候……

山　居

　　虎峰山的居山，一位年轻画家的风景。隐蔽丛林，野草疯长的土地有人来往了，穿眼漏孔的黑瓦土墙房有人进出了，坑坑洼洼的山路有了城里人的脚步声了……

　　新学年开学的那天下午，我们来到了这里，正是夕阳晚照，漫山遍野一抹浅浅的秋色。屋门口的土坝子，摆着几张木板拼成的长条桌。一字型排着的七八间房子，看得见20世纪70年代留下的岁痕。墙上至今还挂着破旧的蓑衣、斗笠、木锯、连盖。墙的端头还有石磨、石窝和喂猪的石槽，农业年代的农居生活依然历历在目。门窗已被改造，从屋子里往外面看，一道门，一扇窗都像镶嵌的油画，浓浓的山居景象。屋内，在我们的眼里有些乱，画架画框以及半成品的画作摆满一地，挂满一墙。在画家眼里，这是创作艺术的天地。

　　接待我们的姑娘叫陈丹，娇小玲珑的身材，脸上挂满奉献艺术的爱情故事。素白的裙装，就像一枚云朵，风儿一样的飘逸。夜幕降下后，她又变了个人儿似的，风风火火，一手厨艺惊喜四座。我们在坝子里一边品味山居美食，一边望着刚刚爬上树梢的红月亮，听着风吹木叶的声音，轻轻地吟诵，"空山新雨后，天气晚来秋。明月松间照，清泉石上流……"沉醉其间，心旷神怡。这时，陈丹的先生李军政回到山里来了，一路风尘。从陈丹介绍中知道，她的先生是毕业于川美的青年油画家，山居的房屋也是他的工作室。最近又累又喜，刚刚从云南大理写生讲学回来，又在大学城里忙个人画展。还有一件作品将入京展出。陈丹的一番话，让一脸憔悴的先生回淌艺术般的活力，丢下行李，端起杯子，就同我们开怀地喝了起来，此时远山已是万籁俱寂……

李军政还不到三十岁，心智成熟。他和陈丹都是来自大巴山那片土地，共同对艺术的追求一天也没有停步过，总想有一个做梦的地方。有大山可靠，有小溪做伴，还要有树有茶有果有花开，在泥土里播种和耕耘艺术。于是李军政选择这儿山居，住进了几经变更主人的"知青点"，体验着四十多年前"上山下乡"的生活。檐沟堵了，一锄一锄地掏通；水渠断了，一段一段地补上；家具坏了，一件一件地修缮。下雨了，房子漏水，像儿时爬树一样爬木梯，蹲在屋顶上揭瓦检查，不断地转换农民、工匠、画家的角色。而紧跟着他的陈丹，放弃了市场营销职业清守居山，一方面助力创作，一方面修心养花，挑战厨艺，把小两口儿的山居日子打理得井井有条，过得甜甜蜜蜜……

夜已经很深了，就着月色，我们兴致很高。李军政深情注视着正在收拾锅碗盘盏的陈丹，心头却有几多的感叹。也是，山居这里，在来来往往人的眼里是浪漫，而在他俩心里却是五味杂陈。遇着个山里刮风下雨，房屋像要散架似的，电闪在眼前，雷声就在耳边，虽然是从泥土中生长出来的年轻人，但也有几分恐惧，一到夜里蚊虫也特别厉害。好在陈丹天天陪在身边，不管多难的事儿，都踩在了脚下。值得欣慰的是，他俩在梦里像山鹰一样展翅飞翔起来了。浑身散发烟火味儿，裹满泥腿的画家李军政，在艺术创作的道路上越来越开阔，收获着大地飘来的芬芳……

临别的时候，我们依依不舍地回望虎峰，摇曳在夜色里的一栋栋山居艺术屋，喷射出不夜的光芒。史上有《富春山居图》流传千古，也许此时此刻，他们正在宏构一幅当代的《虎峰山居图》！

我们切切地期待着……

风　景

雾冬的山城，露出了一张笑脸。太阳从高楼的缝隙挤出来，透过飘逸的片片树叶，一束碎光洒在林荫道上，宁静的小区多了些温馨。上学的走了，上班的也走了，年过九旬的老婆婆下楼来晒太阳。鲜艳的红装，耀眼的银发，清亮的眼睛，和风细雨的声音，慢悠悠的步态，像美丽的风景，小区的人遇见后都是敬佩的目光……

我第一次见到老婆婆，是一个春天的周末。她坐在僻静深处的木椅上小憩，左边一壶水，右边一根黑得发亮的拐杖，面对阳光，不戴眼镜，阅读着报纸，旁若无人一直叽叽咕咕地念叨着，神情安然微笑，一脸红光。鸟儿也许被感动了，收起了歌唱，有的飞走了，有的屏住了呼吸，绽放的花儿默默地竖起耳朵。此时的我，也不由自主地放慢了走路的速度，钦佩之情油然而生。几次想挪步靠近她聊一聊，又怕打扰，只好用手机静静地拍下了这一动人的画面。我以"耄耋之年"为题，发到朋友圈，收获了为之感叹、感动的留言数十条！

又一次见到老婆婆，是一个雨后的夏日。她坐在一棵绿叶苍翠的黄葛树下，惬意地在树荫下纳凉，看见我就朝我挥手打招呼。于是，我前去坐在她的身旁，她的气场像母亲一样的安宁慈祥。时光在她脸庞上留下了层层叠叠的斑纹，写满了人生的沧桑。虽然耳朵听力不太好，但是眼力不弱。和她对话间，感受到了她对生活的热爱和豁达。她的话匣打开，不是倾诉，不是愁绪，不是怨气，是风雨后的彩虹，是黑夜后的光明，是逆境后的轻松。她说："老伴儿年轻时是农村工作的一把好手，因为犯了错误被打入了'冷宫'。也好，那以后变了个人似的，于单位和家里都是好事情，我俩快快乐乐地生活着，半句气话都没再说过。他在乡下，我在城里，即使有了辛酸泪水，都往肚里流。不像现在有的人，有了点委屈，哭天抢地，唯恐天下不知道。"说到这些，她像分享故事一样娓娓道来，一笑而过。她一双儿女都退休了，儿子是船厂工人，孙子自谋职业，养家糊口过得去；女儿工作后自考大学，和她同在教育系统工作，外孙女儿也进入到了税务部门，全家人的日子也过得不错。她还靠近我反复地说，最高兴的是逢年过节时，全家人一个不缺地坐在一起……

前几天又遇到老婆婆，在小区散步，冬日的太阳热情地绽放着，她一直走在阳光里，背影柔和又坚强。虽然她的腰直不起来了，但精神还是那样矍铄，碰见了人总要搭上几句话。看到了我后，主动停下来，用拐杖撑着身子骨和我聊天。她说这几天打仗的电视剧好看，剧名叫《跨过鸭绿江》，坐久了出来走一走，有了点岁数的人不能懒，看报、泡脚、午睡天天坚持，同女儿住在一起，能自己动的事儿自己动。自律又独立的生活态度，越听越感慨。慢慢地，她转身离去，那纤弱背影在阳光晕染中渐行渐远，我久久地凝望着，像欣赏一道静穆的风景。突然想起了朋友圈聊天留下的一句话——

　　生活，有光有影，有晴有雨，希望你拥有与之博弈的勇气，就算再苦再累，也能咬紧牙关，靠自己一步步走过去……

泥土里的影子

山 梦

　　夏季的雨说来就来,哗啦哗啦盖过了城市的喧嚣。我们从大学城出发,冒雨进山,弯弯曲曲的彩色油路不断向大山深处延展。雨打车窗,沟渠水漫,缠绕在半山腰的云雾像画卷一样徐徐地展开,宛若梦一样翩跹。

　　大雨还在继续,在本来很安静的山里显得格外清脆响亮,像一首愉悦欢畅的奏鸣曲。我们一行人停歇在一个斑竹林老院子里,说是老院子,其实也不是一个老院子,也许早年也是老院子,眼前它就是一个火柴盒式的箱房,望上去有三层楼高。临时搭建的棚架十分宽敞,陈列着数以百计的土陶毛坯品,等待进窑柴烧!

　　这里的主人是一位叫金川的青年画家,他刚从雨林里回来,个头儿不显眼,形体精瘦,一见就是一个停不下脚步的天赋艺术才子。他来自川美校园,在这里风餐露宿创建暂名为"竹里"的工作室,已有好几年了。脚上的泥土，手上的茧痕，脸上的沧桑，过早地刻上了成熟的年华，流淌着爬涉艺术的艰难时光！我们面对面地坐下来，听他讲他逐梦的故事。

他是大巴山沟壑里面的孩子，生于1975年。聊起老家，他的眉头皱了起来。他说，父亲母亲还在那里，开州、城口和宣汉三地犬牙交错的地方，只上过小学的父亲当时开明，砸锅卖铁送他上学。那时起，就有一个梦，全心读书，到山外看世界。功夫不负人嘛，后来终于考上了全家人乃至这座山的人梦中的最高学府——开县师范学校。

世世代代都生活在农村，而他依靠自己的努力跳出了农门，还喜欢上了画画，痴迷到一发而不可收。毕业那天，当着大家的面说了句发自肺腑的话，愿意把专业和爱好带回山里去，那儿是最需要的地方！

是啊！他对当时的青春选择至今不后悔。在开启人生旅途的第一站，他走进了一个一个的梦里……

就这样，在离家百里之外的雪宝山下的百里林药职业中学扎了下来。天天在一个群山围抱着的河谷里随日月循环光阴，除担任普通课程教学外，更加刻苦地研习绘画艺术，校里校外白天黑夜都有他浓墨重彩的穿梭身影。

没想到，当教学工作正有起色的时候，他却来了个急转弯儿，不顾父母的反对，作出常人不可理解的"叛逆"决定，备战高考，报考四川美院，走出大巴山。

聊到这个时刻，他有些激动了。他说，当他拿到川美入学通知书后，反而压力山大了。因为要辞去手里这份工作，喜悦，困惑，甚至是焦虑，交织在一起。仰望苍天，答案只有一个，那就是破釜沉舟。由于时间等不起，于是走了一个通宵的山路赶回学校办理辞职手续。因为当时的客车一天只有一趟，城里开往区公所驻地，下车后到学校还有几十公里的路程全靠步行。现在坐车行走这条路，心头仍然很紧张。那山势险峻，气候变化无常，时不时还有飞石砸断山路，发生行人伤亡事故。现在，回想起来，还心有余悸，有些后怕！

  我们话题回到他现场的工作环境时，他径直把我带到版画工作间。创作、制板、生产集一起的流程有序展示出来，装帧下线的作品挂满一墙。有细心的同行人发现，作品全是自己的足痕。正如有名家修成的那样一种境界，画山不是山，画的是山居和乡愁；画水不是水，画的是人性的暖流。

  站在他工作间的阳光棚里，更是喜出望外。雨停下来了，青川，松山，竹海，苍翠欲滴；蝉声，蛙鼓，鹤鸣，风清人爽。我们顺着他手指的地方望去，看见了窑棚竖立起的柴窑烧陶炉，正在焕发古老的技艺！

  走进初期陶艺成品的展室，我们眼前一亮，触摸到了回归自然的火与土，还有柴烧陶艺作品"自然无饰、不形而型"的一种美，他的作品已经插上翅膀飞出大山……金川的山梦，就这样在泥与火的艺术中不断升华！

夜幕落下了，万籁俱寂的山丛里一束光在夜空里闪耀。这束光，正如金川心中的那一道光芒，温暖又坚定，精彩又闪亮。

醒来的日子

早晨五点半左右,不用设置闹钟或是家人提醒,会按时从梦中醒来,相差不到十分钟,主要是天天去高笋塘走路锻炼形成的习惯,改变不了。

有一天清晨,有意识地提前来到这个老人世界,场面蔚为壮观。第一波人是扯起圈子转的走路族;第二波人是气韵十足的舞剑人;第三波人是大妈广场舞主流队伍,还有穿插在其中的组合,分别是跳拉丁的,靠着护栏压腿的……音乐一波一波地放,手一浪一浪地舞。尽管是混在一起,融成了一团,但各个方阵都是有灵魂的,表面乱糟糟的,各自的内心都有自己的节拍。

随着太阳缓缓升起,广场的画面也渐渐清晰,五颜六色的服装,纷纷呈现。有黄白配,红白配,黑白配,红黄配,红黑配,红绿配……每个团队都有自己的喜爱色。尤其是那笑脸,一人一张,聚在一起千姿百态,人人都像当年的向阳花。

　　再一走近，这些老人的言谈举止写满一身沧桑。他们或来自深山，来自边关；或来自田野，来自车间；或来自艰苦，来自磨难……现在总算走过来了，送走了那些岁月。又因为爱情、亲情和友情相聚在一座城市，享受一生应有的快乐。

　　记得去年冬天的一个早晨，我也是来这里走路，一束束暖暖的阳光照在一位年迈九旬的高龄老人身上，那画面让我热泪满面。感动的是他一头闪烁的银发，肩挎着小音箱，一手拿着麦克风，一手拄着拐杖，慢悠悠地哼唱，朝着桂花树下走去……这一幕一直在我脑海里反复浮现，就这细节我写了一首歌词《暮年香》：

　　虽然身板挺得不太直／一路阳光心就朗／虽然腿脚不太方便／拐杖相伴不怕路长／虽然眼花耳也不灵／天天出门感受远方／虽然说话有些哆嗦／日子里还有哼哼唱唱

　　暮年就是老酒一缸／悠悠岁月越陈越香／哪怕是脚步蹒跚／还要品酿美好留下芬芳

　　还有一对年轻的母子从不懈怠晨练。每天双双出，双双回。母亲含着深情为儿子做榜样，儿子为了母亲坚持着。母亲累了，看着儿子跑；儿子渴了，母亲端水去给他喝。母亲对旁人说，早锻炼比晚锻炼好。

哦，要把一生的义务和使命都完成了，才想起属于自己的锻炼和快乐，那或许留下的是遗憾！

我理解了，天天一早醒来的高笋塘锻炼的人为什么如此欢乐铿锵！

其实，这里白天晚上都是这个样，是一座没有围墙的百姓天堂。在这里行走了二十多年的我，便有了如今的感慨。

万州有个高笋塘，住在城市的中央。

没有围墙俱乐部，热情奔放大广场。

桂花树下四季香，黄葛树脚享荫凉。

太阳出来喜洋洋，月亮出来照华堂。

清晨大妈练舞忙，夜来大叔把歌唱。

老人相聚话儿长，儿童追逐笑声朗。

俊男朝气晒职场，靓女摩登领时尚。

水笔地书排诗行，喷泉飞扬幸福涨。

仰望飞机穿白云，心儿翩翩飞天上。

俯瞰平湖好风光，我们万州在激荡。

缘起"棒棒"

　　清明前夕，我去永川，又一次握手李琳。别后相逢，亲如兄弟。那天，我俩喝酒叙茶，话题滔滔……

　　说起对李琳的认识，真是一种缘分。记得是五年前，我写的一首歌词《山村恋歌》，在《重庆政协报》副刊发表了。时为政协委员的音乐人李琳在自己的录音棚午休，偶然读到了这首作品，也许是灵感带来的冲动，当天写了曲。事后，几经周折，才联系上了我。从此，我俩有了不断的往来。

　　后来不久，确切地说就是2014年4月27日，国务院总理李克强到渝考察，在万州港码头遇见一群挑着扁担的搬运工，停下脚步主动与当地被称作"棒棒"的人攀谈起来，并连连称赞，竖起大拇指说，中国发展有潜力，有韧性，最重要的是人民勤劳。推动中国发展需要负重前行、爬坡上坎、敢于担当、不负重托的"棒棒精神"。[①]

我读了这条新闻后,赓即写下了《棒棒》这首词作品。拨通了李琳的电话,细数了我的感动后,他作了作曲的承诺。好像不到一周时间,《棒棒》歌曲出来了。没有想到的是,这首作品经过万州电视台等网络媒体传播后,引起了社会的关注。这期间,一名叫何苦的正团级退役军官,正"卧底"重庆"棒棒"行业,以自己为原型,拍摄《最后的棒棒》这部国内首部自拍体励志纪录片。不经意间,歌曲《棒棒》又闯入了何苦的心海。何苦听后自言自语地感叹:"一根短木棒,风雨扛肩上,带着全家的希望,吆喝回声满城荡……每每唱起时,当棒棒时经历的一幕一幕,就浮现在眼前。这歌太棒了,就像为我的这部纪实片量身打造的一样!"就这样,缘起"棒棒"又因《棒棒》,我们的缘分不断延展……

2015年5月,《最后的棒棒》纪录片完成了大部分后期编辑,何苦也辗转联系上了我和李琳。同时也被何苦精神感动,于是我和李琳创作的《棒棒》歌曲无偿地支持何苦作为《最后的棒棒》主题曲!接着,这首歌曲跟着纪录片走到千家万户,上海卫视、广东卫视等十多家省级以上电视平台和爱奇艺网播出后,广受观众和网民好评。

[①]《李克强:推动中国发展需要"棒棒精神"》,中国政府网(http://www.gov.cn/premier/2016-09/17/content_5108885.htm)。

这以后，我和李琳成了朋友。相互的交流从没有断过。几年的日子里，我去永川看他，他来万州看我。没有客套，只有坦诚，一见如故。他这人，名字有点姑娘气，但外秀内刚，特别热爱生活。在音乐创作上，也留下了不少乐章。尤其待人细致入微。两年前一个周末，李琳来万州邀我回我的农村老家看一看。我欣然答应了，并陪他夫妇夜宿我老家。那一夜，我和李琳在河边听风声、听水声、听蛙声。让我感动的是，说好了天明我去老场上给他夫妇买米粑作早餐，结果是我起床时，他夫妇把米粑递到了我的手上。那一刻，我热泪盈眶！之后，我俩合作的作品不少于五首，尤以《养父》《我要回家》等作品，至今回听，每次都有流泪的感动！

这次，我再去永川，李琳来高铁站接我。我突然发现李琳有些疲惫。在我俩坐下后，方才晓得他正经历着一件不愉快的事。但是，他那热情、他那细致、他那骨子里的东西在荡漾、在歌唱、在远方。我俩说到这些年，说到创作，心里却一起飞扬。

这次受邀相约永川，我俩以词曲作者身份与纪录片《最后的棒棒》摄制组签订书面协议，将《棒棒》这首歌正式出让作为纪录片《最后的棒棒》的主题曲。当我俩笔落生效的时刻，手机里响起了《棒棒》的歌声。摄制组代表报告了他们的纪录片《最后的棒棒》在爱奇艺网点播超过了1500万人次，在德国法兰克福摘取了首届金树国际纪录片节最佳短纪录片奖！

离开的头晚，我俩兴奋，又走进一个竹篱笆围成的夜宵店，喝着啤酒，熟悉的《棒棒》歌声萦绕耳边……

一根短木棒，风雨扛肩上，带着全家的希望，吆喝回声满城荡。

腰身像弯弓，脚板像踏浪，汗水雨水一起淌，黝黑臂膀溜溜光。

棒棒不是木头人，劳动一曲山歌长，挑遍了大街，背走了小巷，搬空了码头，装满了库房。

棒棒不是木头人，城头乡头两头望，累活又重活，脏活又苦活，不管是什么活，天天活得有人样。

负重前行，敢于担当，最壮是你的脊梁！

负重前行，敢于担当，最美是你的胸膛！

铁桥，故乡

　　回到我的家乡开州铁桥镇，熟悉而亲切的往事一桩一桩地在眼前切换，却忽略了如今从古老而嬗变的生机。站在风雨剥蚀的铁桥上，思绪像潮水一样地涌来……

　　铁桥，是铁锁桥的简称。清末民初为江里铁锁桥甲，1930年置铁锁桥乡，1932年设铁桥镇。至今迷惑不解的是，这座保存下来的三孔石拱桥被称之为铁桥，用来作为地名。坊间曾有传说，说是这座桥掏基时发现了一把锈迹斑斑的大铁锁，而取其锁江的寓意，被当时的修桥掌门人一锤定音，由此铁桥便沿用至今。

　　铁桥就随着滚动的厚重年轮，分分合合变乡为镇，左邻右舍的灵通乡和金沙乡也连为一体，不断地壮大为川渝交集的有六万人口的边陲重镇。当年仅有一条简易的渝巫碎石路穿境而过，现在"白改黑"的乡村道路网络密布，四通八达的达万高速公路从门前呼啸而过。记得20世纪

80年代去过一次重庆，乘车坐船两三天，才能风尘仆仆地到达，眼下适逢高速动车时代，早上从铁桥出发，几个小时后就可以到达重庆吃午饭。

不宽的街道依着公路而成，两边都是水泥筑成的楼房，整整齐齐地排列着。来来往往的人流，多是刚刚放下锄头和背篼的老人以及入住镇上经商和上学的，还有在乡村产业上打拼立业的，车辆也像城里一样的拥挤，乡镇已不是传统意义上的定义，渐入城市化的生活状态，那种满足，那种快乐，传递着奇迹……

此时的我，却一个劲地搜寻珍藏在记忆中铁桥老街的旧时样子。

从桥上下来，过一个巷子，便进入了老街。老街像一艘泊港的木船，街前街后都是河。街后的河，就是一条小溪流，大家都叫它玉河，气质温婉，日夜在家家户户的后院窗台下唱着一支古老岁月的歌；街前的叫澎溪河，从川东北的长岭，八庙进入，流经铁桥，又远去融汇到长江。但它四季各有特点，夏天里脾气暴躁，一遇山洪卷来，整个场镇沸沸扬扬，寝食难安，庆幸的是，每一次都是有惊无险，所以，也有人自信地调侃，感谢古人选了一块水涨船高的宝地。

说是宝地，并不是空穴来风。

而今尚存的这条老街虽然没有心中的原貌了，但是最大的幸运是保存了下来。小时候，想出去看看外面的大世界，提前十天半月挣劳动表现，逢上赶场天，就和大人们一齐来到街上看热闹。那时的这里，宽不过三米，长不过一公里，一根独肠子似的街道，有上万的人头攒动，从下场口到上场口摩肩接踵要挤大半天。现在走在街上，可以听清自己的脚步声，凹凸的石板新一块旧一块的，跟往年衣服上的补丁一样。木板墙壁多数换成了灰砖墙壁，留下的老建筑，偶见几栋，石柱上还有隐隐约约的雅士楹联，但风火墙平掉了，翘檐也变成了平常的屋檐。转到一个拐弯处，想起了一个银发胡须飘扬的民间老艺人，每到逢场天站在门前展示他的传统技艺，不停地演奏自己制作出来买卖的民间乐器，当他的竹笛吹响，大家都驻足聆听那天籁之音，满街都是叫绝佩服的赞声，倘若健在也是百年寿星了，一定是一个非物质文化传承人。还记得那时去下街古装戏楼看川剧的情景，结束时与同行的人走散了，急得我满头大汗，现在想起来都还觉得有些恐慌。就这样在时空中穿越着，似乎回到了从前，这里的一草一木，一砖一瓦，一窗一门，都讲述着过去的故事，散发着岁月的芳香。

细数铁桥辖域，仅地名读起来，就使你想到民间早先的大智慧。譬如，封闭山重，却为灵通；杂草丛生，却为茶园；高山峻岭，却为平安；连片土丘，却为花山；土垒寨堡，却为天安；溪沟交汇，却为花桥；常年旱地，却为万塘；淤泥沙滩，却为金沙；饥肠辘辘，却为金盆；

黑灯瞎火，却为复明……类似还有很多，无不洋溢着远古先贤们诗意般的情怀，把祝福和祈祷的朴素期望寄予给未来！

在两年前的初春，我也回到这里。漫步乡间，每一方地名都有新赋的现实版，生动的画面在眼前立体式地呈现，稻海麦浪，茶园花山，果香四季，潺流溪河，荷塘月色，杨柳青青，小桥流水。触景生情，留下了自己对家乡越来越好的一番感慨，以此礼赞山水的家园。

小山水呀大山水／穿过铁桥一河水／枕着花山入澎溪／岸边梯田画样美；

春来梨花满坡香／枝头百鸟灵通回／荷塘月夜蛙声鸣／橘子羞红心儿醉；

鸡鸭翩跹喜金纱／鱼儿得水约龙会／乡亲那个得意事／赶着牛羊跑如飞

……

又是这个时节，我再次登上了万家山寨，十里春风吹开了千树万树的梨花，像洁白无瑕的雪花覆盖的枝头摇曳在起伏的前川，仿佛踏上了梦幻般的雪域高原。当来到几十年前参与栽种的第一块梨林，心潮澎湃。虽然没有触摸到老去的树影，但是见到了它的第三代后裔，含着亲切的微笑，在春天里频频点头，并不断地发出邀请来赏花摘果，分享谷黄脆生香甜的味道。还有一个梦想，把"翠冠"的金牌高高地挂在北京的金山上……

期待着，想念着，不管走多远也不管走多久，故乡还是在心间。

老 屋

　　年前，回了一趟老家，发现我的老屋没了。

　　屋基上只有零零散散的几蓬杂草在寒风中抖动，间隙里几十窝豌豆苗喝着露水在长。旁边的竹林，弯腰驼背地站着，相互地支撑，地上的竹叶经年厚积，一眼枯黄。小河沟边没有洗衣服和淘菜的身影，水塘已经被鹅和鸭踩成了浆糊。早年光秃秃的坡坡坎坎，现在是疯长且茂盛的草丛，田还是那些田，残存着已是腐质的谷苑。屋后曾经热闹的大院子，面目全非，风雨侵蚀，摇摇欲坠。放眼远望，附近升着炊烟的只有几户人家，稀稀落落。

　　来到当年的公屋院坝，见到了一个远房堂嫂。她一阵"哈哈哈"的笑声，又感觉到了院子里还有生气。一群花花绿绿的公鸡母鸡"咯咯咯"地唱着歌，撒欢似的跟着转，她把手里端着的米糠和青菜叶子拌匀的鸡饲料朝天一撒，笑得合不拢嘴。我站在她的院子里，看见屋檐下的一条大黄狗和一只小灰猫正亲密地依偎在一起，猪圈棚里传出猪崽们吃饱喝足后发出的欢快的叫声，灰蒙蒙的天空中鸟儿成双结对地飞来飞去。它们惬意地享受着老屋的安宁，也用它们的灵性给老屋带来生气和温暖。

堂嫂一边用衣尖角擦手，一边和我拉着家常，声音脆生生的，笑起来皱纹不浅。看样子活得还是很开心，但也能看出守着她的老屋撑着家不容易。她说，老公带着两个儿子跑广东几十年了，一年都难得回来一趟，现在孙子长大了，也出门去了，只剩下她孤零零地守着老屋。从话语间知道，年轻时，她也想出去，无奈公婆没有人照顾，后来要带孙子，再后来自己又老了……

接着，堂嫂带着我一处一处地转。碰巧遇上了儿时的伙伴儿老翁，现如今还孑然一身，不过已经是秃顶的老头儿了。他衣着很干净，还是像当年那样轻言细语，见面时，总是抿着嘴笑，有些腼腆。后来才知道，他这辈子生活曲曲折折，有很多的故事。我还记得，他小时候家境不错，虽然兄妹好几个，但是父亲勤劳而又精明，一家大小吃得饱穿得暖。由此，他上了小学、初中，到了高中才停学，在那个年代已经很不容易了，是四邻八乡有名的才子。他经常穿着一件干净的中山服，上衣口袋总是别着一支钢笔，无论走到哪里，都是斯斯文文的。也因为读了些书，心气儿高，兄弟姐妹都结婚成家了，唯有他，迟迟没有考虑婚事。后来考学机会到了，又因身体有病而遗憾地未能如愿。

我握着老翁手的那一刻，童年的画面一帧帧地在脑海里切换。春天里一起用石块和瓦片砌灶烧嫩胡豆吃；夏天里躲着大人一起到鱼塘洗澡；秋天里一起悄悄爬上核桃树去摘果子；冬天里一起去扯丝茅草点燃烤火……尽管我们当时挨了爸爸妈妈的不少打骂，现在想起来童年虽苦也还是有快乐。

问起老翁现在的生活情况，他还是腼腆抿嘴一笑。指着他的老屋说："现在好啊，兄弟他们都到城里去了，接送上学的孙辈儿，空着的房子节假日回来住几天，平常帮他们看着，荒起的田地随便种一块儿，就能够安生度日了。不远处的高速公路通车了，出门回家都很方便，家门口也有公路了！"

是呀，远处连接老屋的公路像一根银色的飘带飞进来了，若隐若现的小汽车盘旋在起起伏伏的山野，清脆的喇叭声在山间回荡，这些变化在当年想都不敢想。

我的老屋没了，老屋的记忆还会是我的永远。老屋边枯萎的草丛蓄满了再生的力量，会续写关于春天的记忆！

有 歌 有 乐

云里走,雨里穿

三峡那个汉子哟,脚踩山水转

清早跟着太阳山里钻

一篙江水渡霞烟

晚上住在月亮船

谈天说地眨眼话千年

高峡平湖升起云水宽

一嗓喊醒万重山

抱起酒缸冲天吼

云帆飘过家门的山巅

山青青,水蓝蓝

三峡汉子哟,荡起山水转

千古一船情正酣

平湖万川一片天

——《三峡汉子》

枫香里

十月,走进大山深处的三峡枫香里,寻找秋的踪影。

清晨,我们车行至万州土家的恒河入口处,风过树梢,骄阳正好。一条龙凤溪谷缓缓流淌,两岸青翠的大山耸立,一群城里来的孩子活跃在溪流边,他们有的用树枝在沙土上写字画画,有的用片片树叶在水边放舟,有的用双手拍打蹦蹦跳跳的浪花,或动或静的身影装点着山谷,欢笑声飞出了山外。路旁还有一群人,站在怒放的山花丛中打卡留影,花枝招展,似蝶飞凤舞。正如牌坊上留下的那副对联所描写的情景,"溪水碧透可亲人,山色葱茏曾歌凤"。藏在这里的黑潭子、复元两座古韵古意的石头桥,桥孔像月亮,孤守深山无数年,现在却热闹起来,来寻找历史踪迹的、观赏拍照的,络绎不绝,打破了多年的沉寂。尤其抢眼的是那个"巴楚分界石",矗立在分割地,自然而又有些威严。路人无不感叹,过去远在深山无人识,现在却逆袭成了惊艳风景!

我们乘车继续沿着弯弯山路盘旋前行。奇石峻岭,洞穴流水像画廊一样从窗前掠过,有凤来仪的丰收图景、心归云霞的乡村新貌跃然在高山台地上。层层叠叠的梯田飘逸着稻谷收割后的清香,成百上千的稻草人摆开了八阵图,大大小小的院落高高地挂着金色的玉米棒子,火红的辣椒和高粱铺满了家家户户的晒坝,枫香里的道道秋收风景目不暇接。当我们走进炊烟深处,一面浓郁的土家风情墙映入眼帘,展现出了这里的过去和未来。"寂寞空山无人顾,一生甘抱云霞老"的石桶寨和七星寨传说古远,五彩果林,药养花谷,苗木园圃的乡村旅游业态蓄势可待……

正午时分,来到了鄂渝交界的"巴蜀关"。我们站在海拔一千五百米处的"飞来石"上,有点儿恐高的感觉,但远处的林海风光让其瞬间消退。这块石头,底部和山顶基石豁然分开,因形似天外飞来而得名,仿佛一位谪仙端坐于山顶,庇护着灵秀的鹿鸣山。坐在旁边的"和乐亭",静静远眺,除了风有些刺激外,其他都是一派祥和宁静,这里适合沉思、凝望。天蓝云白,山清水秀,远处的风车悠悠地转动,近处的华山古松随风摇动,传来悦耳的涛声。鹿鸣岭上,大家突然想起《诗经·小雅·鹿鸣》,友人现场吟诵:"呦呦鹿鸣,食野之苹。我有嘉宾,鼓瑟吹笙。吹笙鼓簧，承筐是将。人之好我，示我周行……"此地居然如此诗意与雅致。听介绍，"鹿鸣之喜"呼之欲出，鹿鸣馆、鹿鸣山溪、土家鹿寨，即将应运而生。顿时感觉到了，飞来石旁得见方！

傍晚，燃烧的烟霞天地透红，层林尽染，行走在三峡最美的山岭，穿行在枫情万千的枫香林。走过"云水桥"，小憩在"醉心亭"，看山色半岭，真是一步一景。不知是天意或是刻意，世纪经年的枫树都是几人合围的腰粗，独木成林，刺破天穹，而枝体写满了爱意，或牵手，或拥抱，或合欢，秋风过处，半黄半绿的叶片在沙沙的声音里曼妙地飘落，似乎要去赴一场期待已久的约会，让人神往，让人艳羡。几度秋霜泪染枫叶相思红，一刻春宵爱透鸿雁情义重。徜徉在初秋的枫林里，默默地数着、念着，生怕惊扰了它们，君心树、一心树、灵犀树、两意树、朝朝树、暮暮树、千结树、连理树、偕老树……树树都有浪漫的诗意，有生命的灵动，有美好的故事……

夜幕降临，人间的巴楚门户，在这里像天堂般呈现。禅音、风声的混响共鸣拂遍山谷，星光、灯光的妩媚辉映撩动情思。我们围坐在民宿里，一杯绿茶，一缕清欢，不言不语，胜似千言万语。枫香半岭，缠绵烟云，故土水滨，土家风影，在脑海里不断切换闪现，天镜折射的月光浅浅地流淌。一位诗友即席赋诗感慨——

等风，等雨，等时间期许

待朝，待夕，待秋意浓起

铺漫山枫香

捧一心欢喜

我来了

看风，看景，还看你

就在枫香里

是的，最美的秋在心里，也在枫香里。

沙　溪

　　沙溪，之前我是不知道这个地方的，名字再普通不过，同名更不少。据有关资料，茶马古道上的沙溪只有这一个。

　　庆幸在大理新结识一个姓傅的朋友，和他一起聊苍山、聊洱海、聊三塔之后，还聊风花雪月，兴致浓浓地品味着时光。尤以说到大理古城、双廊古镇，他更是抑制不住，如数家珍，故事成串成串地牵出来。特别提醒我，他说大理与丽江之间，还有一个沙溪古镇值得去看一看，那里心醉神迷，古道悠悠，可以让人感觉到时光回流……

　　因为他生动而又深情的介绍，我彻夜难眠，原本计划在大理待几天再走的，临时决定改行程去沙溪。

　　两小时的车程到达沙溪。这里是一个青山环抱的小坝子，山美水秀，气候宜人，物产丰饶，人杰地灵。澜沧江水系黑潓江由北至南纵贯全坝，是白族、汉族、彝族、傈傈僳族共居地，远近闻名的石宝山也坐落于此。远远地眺望，古风扑面，一幅农业古国田园风貌的古镇画卷。

我们下榻的兰林阁，就在沙溪古道街。放眼窗外，街道、小巷、水井、溪流鳞次栉比，曲径通幽。黄土墙、木框架、青石板、古槐树构成的风景，不是感叹而是惊叹！可以说建筑的每一个符号元素，都是古镇故事的延续，潺潺串流的每一道溪水，都是古镇流淌不息的脉络。能眼见的，能手触摸的，无不洋溢着厚实的文化，无不散发着古色古香的味道，让心瞬间宁静下来，让人体验到沙溪一觉百年梦。

来到四方街，既没关注那里的兴教寺，也没关注那里的古戏台，在空旷的街场当中，两棵参天的槐树格外夺目，让人气定神闲，悠然自得。伸手抚摸要几个人才能合抱的树干，仿佛手指划过的已不是粗糙的树皮，而是历史时光的雕刻。相传两棵槐树相依为伴的神话，还搬上了旁边的戏台，名为《双槐记》。也有人说，先有《双槐记》，后有双槐树。不管怎样，双槐树已经成了四方街的地标。晚霞里，一束斜阳洒挂在槐树上，一个汉子戴着太阳帽以槐树为背景正在不停地为一美女拍照，还时不时说一口地道的重庆话。出于他乡遇故人的亲切，我赶紧凑了过去，他朝我微微一笑，我问："你是哪儿人？"他说："重庆人塞。"接着我们便迫不及待互相自报家门，都有些激动、欣喜。之后，大半天又为我们摆弄着。他说他是重庆两路口的人，姓周，从事过医疗工作，来到沙溪已经整整八年。先是来旅游，后来是摄影，现在是经营客栈。令人佩服的是，虽然身板粗犷，但举止儒雅，就像那棵老槐树一样气定神闲、温温和和，充溢着友善。顾客的要求始终放在心上，天天把他的故事放在顾客的时光里。我们一行有人提出租他的民族服装并希望他随拍，他默默地跟上几个小时毫无怨言。结账时我们满以为要加收费用，但没有想到，他对所有顾客一样，不仅不加，还把原图一张一张修好后交在我们手上。他说："我们一起分享了美丽就足够了！"

来到古镇边的河畔，那更是让人心醉，我们在这里见证了落霞和日出两个绝美时光。站在马帮踏石留痕的玉津桥上，所有的人儿心潮澎湃，一片欢呼，脚下的河水流淌着日月交相辉映的色彩。山峦、薄雾、村庄、田园，一幕一幕地流动，马帮、鸡犬、鸟群、牛羊轮回地交响。回望寺登古街，真真地让人感受到了"一个让时间能够倒流的地方"。正如一位学者所讲，时间在这里不是向前，而是在后退，一直退到马帮时代的古寺院、古戏台、古寨门、古街道、古石桥、古民居、古水井……就在这一刻，我作了一首题为《沙溪》的词。

一条沙溪，古道沧桑／深深浅浅，流淌阳光／一条沙溪，岁月回荡／静静悄悄，流淌月光／一条沙溪，马帮天堂／叮叮当当，流淌时光／我的太阳，我的月亮／来到了沙溪的身旁／我的远方，我的故乡／留在了沙溪的栈房／一条沙溪古国的绝唱／一个来了不想走的地方

"这里住下来后，真不想走了。"这是梵尘客栈吕老板内心的感叹。敦厚壮实的他，生长在天津，幽默风趣，说唱才艺过人，也干过有影响的纸媒事业，特别让人称道的是有一手好厨艺。我们看日出时，正碰上他使唤着两只拉布拉多犬苦练晨功，只听见他一声吆喝，两只犬便从河岸上跳进零下几摄氏度的河水里，追逐争斗。丛林里钻出的太阳追光打在水面上，两只犬在金色的浪尖上舞蹈……那一刻，我激动地用手机拍下了一生难忘的那一瞬间，也与吕老板和犬结下了深厚的友谊。

夜里，我们去他店里就餐。店面虽然不宽敞，但井井有条，两条犬一改水里干仗的火爆情绪，温柔地躺着，眼睛也柔柔的，安详地陪伴着客人，静静地聆听着客人说话。吕老板一边和我们喝着小酒，一边摸着犬的耳朵拉着家常，其气色、涵养，正如黄印武先生著书沙溪那样，天天都这样在沙溪阅读着时光。就这样，吕老板喜欢上了沙溪阅读的感觉，接着家人来了，来了没有想走过……

沙溪因为悠久而宁静，因为宁静而神秘，因为神秘而美丽。2500年的历史，滇藏茶马古道重要客栈，妙香佛国、渐行渐远的马蹄声、寨门逸事等灿烂历史文化引起

了国际社会的极大关注。沙溪寺登街区域2001年入选世界纪念性建筑基金会的101个世界濒危建筑遗产名录。

感谢大理的朋友，让我有幸走进了沙溪，虽然是肤浅的，对我来说也是一次难忘的出行。虽然已经离开沙溪很久了，但时时还在回想那里的霸王鞭舞，时时还在回味那古韵悠长的洞经古乐……

沙溪，我会再来的！

难忘天路

那一天从格尔木出发，和朋友一起自驾去拉萨。

凌晨5点，我们踏上了漫漫的青藏天路。穿行街区，寒意很浓，车辆少，几乎看不到人。不到10分钟，就出了城区。眼前的收费站晨雾笼罩，几十辆重载货车长长地困压在路口。

开车的山哥，已经意识到堵车了。推开车门走路去收费站问情况，见到了一位半睡半醒的工作人员，打听到了前方道路不畅的消息。在这条路上，这样的情况属于常态，头天晚上就有人提醒过我们。

约10分钟后，山哥回到车里。说收费站同意我们入口试一试。于是汽车"轰"的一声入口上路，见缝就钻，有车就让，不知不觉超了上百辆的车。我们毫不在乎的样子，情绪依然高昂。时而打开车窗猛吸一口凉气，刺激一下昏睡的状态，时而把车里的音响打开，车内依然欢声笑语。

　　天逐渐亮开了，眼前又出现一道关口。现场那些车不再是顺顺地排着，而是横七竖八地拥挤成一团，有车头顶车头的，有车头顶车身的，还有车尾顶车尾的，就像一个废车市场。山哥抬头一望，对面无车过来，前行的车辆不让过，足足一小时，前面的车才慢慢地动了。轮到我们启动时，执勤的工作人员摆着手，嘶哑地喊，说我们的车错道了，要求并进右车道，接受公安检查！山哥动作非常利索紧挪慢挪，来到了上路后的第一个关口，人、车都要接受检查。工作人员再三嘱咐我们一行，身份证不能丢。在这条路上，身份证比金钱更重要。程序虽然有点儿麻烦，但还是顺利地过了第一关。时速一直只有30公里每小时，跑到上午10点，前方弯去弯来的道路彻底被堵死，车再也不能动了，也不清楚到底是什么原因。赶路的驾驶员们有些烦躁，摆手、摇头、叹气、无聊地走动。传来很多版本的堵车情况，有说是货车侧翻；有说是小车闯祸；有说是修路。上千的车辆就这样死死地卡在了格尔木到拉萨的无人区。不到半个钟头，有的人开始出现高原反应，头晕、呕吐、脸色发白，紧张又担心。还好，我们一行出发前做足了功课，一方面期待前行无阻，一方面作了困车困路的准备。

　　可可西里面积有450万公顷，气候严酷，自然条件恶劣，人类无法长期居住，被称为"生命的禁区"。我们一行一边欣赏着千里风、千里沙、千里草、千里路、千里山和千里云,还要一边面对千里车龙"凝固"的新情况。同行的人也有着急的,可不可以调头回赶?可不可以回格尔木乘火车?可不可以从路旁的槽沟探路前行?大家七嘴八舌议论一番,谁都没有把握做决断。只好听天由命,出门由路。

前面有无数的车和人,后面也有无数的人和车。据相邻车上的人说,有些货车堵几天了,车里储备的东西快吃光了。但是,他们没有放弃,依然怀揣着希望。经过一番折腾,我们也平静下来,眼巴巴地祈祷,期待前面的车能动起来……于是,喝水、吃饼干、吃蛋糕,眯着眼睛,昏昏欲睡,让时间溜走……

在车里待了好几个小时,快到下午4点了,真有点受不了。风刮得非常猛烈,时不时还是要推开车门,换换气,都知道这样会更加感到缺氧。但无可奈何,还得这样,就当是挑战身体了。正在烦躁焦虑的时候,前面忽然出现一队军人,领头的是大个子,声如洪钟,一看就是东北汉子。后面跟随的士兵,目光如炬,左右扫射,还一路喊话:"不听指挥的司机,一律缴证!"见这状况,山哥下车打听,方才晓得,运送军用物资的车,也有几百辆被堵在路上,他们是奉命疏通道路。瞬间,静候多时奄奄一息的车龙昂首移动起来,簇拥着"救星"欢呼着。

有幸的是，领头的那个大个子，选坐了我们的车。他要回去接应大部队。之后一路上有他指挥，摆在前面的违规车被一律强制排除，堵了6小时的车队终于缓缓前行。我们大家都连声表示感谢，给他递矿泉水，他也很豪爽地一口气喝完了。看着他黑得油光光的脸，滴着黄豆大的汗珠，心生敬畏。他还连连感叹，这条路千里长的战线，地方警力也没法儿。路再宽，没有心宽好。大家在外，讲规矩，方圆是自己。黑压压的车队动不了，都心疼。听了他一席话，我们默默不语……

此情此景让我回想起青年时代的一个梦想。记得快十八岁那年，西藏部队到老家征兵，我报名经过体检，身体也合格，一个莫名其妙的原因没有入伍，这事成了我一辈子的遗憾。没想到几十年后，去西藏遇见了军人。回想当年的那份憧憬和向往，赓即写了一首《西藏梦回回》，献给最可爱的军人：

  那年十八岁，当兵到部队
  翻过二郎山，草地雪山睡
  开路当先锋，热血洒边陲
  爱上了部队，前进不后退

  书山挑夜战，出征誓师会
  知识比力量，雄鹰一起飞

雪域的部队，豪情唱兵威

吉祥唐古拉，哈达白云美

军地一生情，西藏梦回回

下午6点左右，终于到达了可可西里。幸好在天黑之前赶到，少了一些遗憾。走上观景台，像踩着棉花似的，头是晕的，脚也是飘的，海拔4639米的标识，看上去也是模糊的，胸闷心慌。欣喜的是双脚终于踏实地踩在可可西里的土地上了。哪怕只停留了几分钟，也算是人生难忘的一次经历，更有一份骄傲和自豪。照一张相，一生无憾。何况，我们在车里看见了雪山，还有草地上的藏羚羊、野牦牛等珍稀野生动物。也记住了"可可西里"在蒙语里是"青色的山梁"的意思！

前方千里迢迢，脚下道路茫茫。借着阳光和月光的辉映，苍苍天路上万里云天。我们疾驰天际线，终于到了又一站——沱沱河。这儿位于格尔木市南域唐古拉山镇，是长江的主源，在可可西里山脉以南。说到长江主源，生于斯，长于斯的长江边人，格外有些冲动。无论咋样？就要在这里喝喝源头水。一下车，我们直接去一个四川饭馆。走进一问，是南充老乡。点菜的点菜，喊饭的喊饭，都想以最快速度进餐。早上5点出门，晚上8点还没吃上正餐，饥肠辘辘，心都有些慌了。谁也没想到，山哥去加油站回来，神色焦急地说："这餐不能吃，一定克服，不然又得在这里再次堵死。"啥情况？我们又急忙走出餐馆一看，天呀！从可可西里方向涌来的车辆，形成洪流一般，已把沱沱河汇流的交通冲乱了，国立和私立的六七家加油站塞得水泄不通，扬起的风沙，让人睁不开眼睛。只有赶快走，不然困在里面动弹不了。于是，我们果断决定继续赶路，放弃这餐饭，但钱还得要付。可是，这饭馆老乡怎么也不收，还帮我们添开水，洗黄瓜，祝旅途顺利，希望再去时别忘了这里有一家老乡的餐馆……

入夜了，我们依依不舍地离开沱沱河，直往唐古拉山。这是一座"雄鹰飞不过去的高山"。也是青藏高原中部的一条近东西走向的山脉，高度海拔6000米左右。我们要过去的唐古拉山口5220米。当走过青藏边境处，大家怕堵车的"死结"解开了。山藏在了夜色里，路延伸在月光里，车也歇息在人的疲惫里。大家再也撑不住了，决定在西藏境内吃第一餐饭，不是早饭，也不是午饭，更不是晚饭，准确地说是那一天的第一餐饭。此时已是凌晨1点。

尽管这餐饭吃得很香，但赶路压力没有释放。放下碗筷又出发。一路上，虽有些惶惶不安，但不忘一路的欣喜。那心仪的唐古拉山口在向我们招着手。大家都知道这山口因坡缓，落差小而并不显得险要和难以逾越。于是大家也轻松下来，加之刚刚美美地吃了饭，个个精神重新焕发,谈天又说地。忽又想起从青海湖来到格尔木的沿路风景,回味着格尔木这个河流密集的地方。

    云上格尔木,筑就通天路

    风车千里转,银线连万户

    沙漠梦绿洲,网格问征途

    生命系白杨,青垂金鱼湖

    高原藏宫殿,青藏现欧陆

  这样的气氛,让时间过得很快。转瞬,一行人又把话题集中到唐古拉山口。有人说,在山口上站一分钟;有人说,在山口上摸一摸标识海拔的石头;有人说,站在山口大吼一声;还有人说,夜里不能留影,可以带走一捧土。七嘴八舌,把对唐古拉山口的崇拜,从心头流露出来。这时,山哥一声"不好"。他发现"山口"过了!个个不依,强烈要求停车。一看,确实迷迷糊糊过了"山口"。冷风很刺骨,还有雪花在疯舞,大家只好哆哆嗦嗦又上车,一车人的兴致低到了极点。山哥从头天凌晨5点坐在驾驶位上后,再没有挪个位。我们敏感地察觉到,山哥太累了,于是决定就地休息,将车叫停在路边上。天苍苍,野茫茫,一行人都不知道此时在哪里?山有多高?沟有多深?水有多长?路有多险?远方还有多远?这时已是凌晨3点了。记得从格尔木出发前,山哥发誓不到拉萨不休息,一定让一行人安全舒适到达。没想到一路上的新情况一个接一个。大家迅速安静下来,车内座椅全部平放,一车人交叉着搁腿。任凭风吼,任凭雪飘……

睡得快,醒得快。只一个多小时,山哥就醒了。他说5点了,昨天也是这个时候出发。于是还原座椅后,又开始新的路程。没想到的是,随着天亮才恍然大悟,我们停车打盹的地方,竟然是在安多县城边。说起安多,事前都有朋友介绍,翻过唐古拉山口,可在安多县城歇息一夜,这样可以减缓到拉萨的行程压力,遗憾的是起初没有在乎这个建议。

天边由青变蓝,由蓝变白,由白变红。太阳像个火球跳出山际。一车顽童似的,刚才还是迷糊糊的,突然来了精神。高喊那曲到了!那是进入西藏的第一个地区,安多就是这里的属地。清晨的那曲,草地一片金黄,看不见牧人,只见一群群牦牛在野外撒欢。我们的车穿城而过,车后扬起袅袅炊烟。突然间想起一个那曲人,他是我在北京参加一个短训班的同学。时年,他才三十多岁,个头彪悍,肤色黝黑。他说他是那曲土地的杰作,离太阳最近,与白云最亲,和牧民一起喝酒唱歌,日子像草原一样坦荡,心儿在蓝天上飞翔。那一瞬间,我才深深地体会到,他说的每一句话都是那么真实而贴切!

我们一直追着太阳跑。下午1点左右,那曲到拉萨的最后300公里路终于被我们"丈量"完了!一堆又一堆的白云，悬在天上，顶在头上，抱在怀里。我们终于到了离天最近的地方！

过去在梦里的一方"圣地"、一座"圣城"，从那一刻起，走进我们眼里，走进我们心里……

西边的胡杨

金秋十月,我们在银川出发。从贺兰山,经阿拉善,去内蒙古最西端的额济纳。那儿有黑城、绿城、大同城、居延城连串的历史文化遗迹,也有神奇壮美的巴丹吉林沙漠等自然景观,最让我们神往的还是大漠胡杨……

约好有同样情趣的朋友说走就走,我们踏上了八百里的路途。这天,秋意浓浓,万里无云,沿路是茫茫无垠的大漠,看不见山,望不见水,摸不着边。正当我们在默默地融合现实和想象中的大漠时,前方意外地出现了奇观,经过戈壁沙滩深度区,天际线上闪烁着海市蜃楼的幻影,若隐若现,美轮美奂。一行人情不自禁地惊呼起来,不断刷新自己的想象力,有巍巍的高楼、浩淼的大海,还有流动的水岸……人人沉醉在大漠的幻影中,久久地回不过神来。曾经的传说居然让我们亲眼见到了,按照当地人的说法这是一种幸运和吉祥,一路上也真正地得到了应验。前一天下午，我们在银川时，去了沙湖风景区，正好赶上这儿休园前的最后一天，如果晚一天，就只有遗憾和懊恼了。于是自我陶醉调侃，真是三生有幸啊！水乡里的沙漠，沙漠里的水乡，那么和谐，那么完美。湖水、沙漠、芦苇、荷花、候鸟、湖鱼把塞外与江南天然地融合在一起，步步是景，步步入画，大漠里真有人间的天堂。

听惯了川江的号子，看惯了川江的波浪，突然间来到一个遥远的地方，一个如诗如画的远方，心海确实难以平静，一路欢歌，一路笑语。下午五时许，我们兴致高昂地踏进额济纳旗的土地。这里北与蒙古国接壤，边境线长达五百多公里，东风航天城也坐落在境内，既神奇又神秘，还有几分庄严感。赶在夜色没有覆盖前，我们登上了矗立在这戈壁荒漠中的"黑城"，回望西夏王朝在此设置"黑水镇燕军司"的历史长河，深情地眺望大漠日落的时刻，肃穆而又敬仰。

此行，胡杨林是我们最期盼的景致，一路上就在不断地想象和神往。那古老的魔力，那抗压的韧力，那生存的神力，那绽放的魅力，到底是在以什么样的状态呈现，一直是我心中的结。亘古典传，胡杨是化石树，生而一千年不死，死而一千年不倒，倒而一千年不朽，种下一棵树就能活下一条命。胡杨为什么这么受人喜欢？曾经传说这片林中有一棵八百年的胡杨，高二十七米，六人才能合抱。三百年前一场天火降于此处，草木皆焚，唯有这棵胡杨神灵在保佑。从此加以祭祀、祈求风调雨顺，草畜兴旺。带着疑惑、期待和想象,第二天凌晨我们一行排队进入了这片十五平方公里的大漠胡杨林。拥着胡杨,牵手怪树、红柳、沙漠、芨芨草、弱水等宝贝资源,站在世界三大原始胡杨林队列。

一行人平时的感觉都是稳重又沉着的男人,但此时谁也控制不住自己。一进去就离开了弯弯曲曲的栈道,也不按常规走景区八道桥的线路,像一群山羊,哪儿有草往哪儿跑,一会儿是湿地,一会儿是草丛,一会儿是沙滩,一会儿是湖泊,东奔西走,东张西望,贪婪地追逐着胡杨,寻找胡杨千年不死的传说。就这样,我们居然在林子深处迷路了,走进了一片无人区,眼前浅浅的水、厚厚的叶、薄薄的沙,还有横卧竖躺的枯树桩和倒映在湿地里的金黄。一脚下去,绵绵无底,大家都慌了神,马上脱下鞋袜互相帮助,你拉我拽,还好有惊无险。

兴冲冲地在大漠胡杨林转悠了一天,大漠田园里欣赏水境胡杨,弱水河畔走进了红柳湾,最惊险刺激的还是沙漠冲浪。那是这一天最后的一个景点。景区人说,沙漠冲浪可把此行玩到极致。我们一行糊里糊涂地上了车,谁知车一启动,喇叭一声长鸣,油门踩到深渊似的,我们的车瞬间癫狂起来,沙浪滔天,一会儿冲沙峰,一会儿跌沙谷,还时不时地缠着沙峰的腰身旋。前后车的人都在尖叫。不知道他们是感受到了恐惧还是感受到了刺激,我反而一直镇定,因为来不及后悔了。下车后仔细阅读须知,才知道年满花甲的人不能玩冲浪,如今想起都还冒冷汗。挑战了,

也是值得此行。更让人感慨而又惊叹的是，原本被视为生命的"禁区"和"绝境"的大漠，却孕育了西域天骄胡杨，创造了大漠的繁荣，大自然真是神奇的造物主啊！

这次西行时间虽然短暂，但是感受却深长厚重，永远都不会忘记那一幅幅绚丽而又壮美的画卷，蔚蓝的天，雪白的云，金黄的沙，灿烂的叶……

离开时，我们和来自家乡的一帮朋友偶遇在一个食店，把酒醉饮千里之外，为缘分干杯，一同感怀胡杨树的"三千"年华。

西边的胡杨

梦儿多，梦儿长／日夜梦见西边的胡杨／一次拥抱，一生荡漾／金色波光金色浪

情是燃烧的火焰／根是戈壁的力量／大漠无烟，风沙一起飞扬／蓝天无云，冰雪一起畅想／毕生三千年华／魂守我那边疆

东边太阳，西边胡杨／歌唱万年，万年歌唱／爱，一样的美丽／美，一样的辉煌。

雪巅之吻

刚刚入冬,我们一行登上了神农架的神农顶。这天这里美到了极致,海拔3000米以上的地方,没有一朵云彩,没有一丝飘移的雾,没有一只鸟儿飞,树欲静而风止,只有一枚暖洋洋的太阳照耀着脚下的冰山雪川。

上午九点多了,大部分时候这里应该是人流如织,而此时,只有零零散散的几群人。或围着"华中屋脊"照相,或远远眺望着哨塔,或俯瞰"神农谷"的风光。好在有固定的标牌详细介绍,这里兽类、鸟类、两栖类、爬行类、鱼类、昆虫类等动物类和植物类成百上千的种别,让游人透过雪山雪地去想象。假如换个季节,也许眼前应该是"绿色宝库""天然动物园""百草药园"的绝美震撼画面。

我们一行自恃雅兴,反认为是天赋良辰。走在雪地阳光里,虽然是天寒地冻,但内心是狂热的冲动。走走停停,不放过任何一处心中的风景。深一脚浅一脚地踩在松软的雪地上,发出"喳喳喳"的声响,给宁静的雪山增添了一丝生动。看见冰雪覆盖的木屋就想起童话故事,情不自禁地与穿着雪袍的老树说说话,任性地和衣在雪地里打滚儿……在苍茫洁白的群山里感受到一份超脱尘世的放松和静谧。

我们的行程里事先是没有这个景点的。前一天我们早早地从万州出发,直奔巫山的栗子坪。都说那里原生态,景色迷人,尤以秋色陶醉,错过一天就会错过一年。带着向往兴致勃勃地前行,在骡坪下了高速路,车子立着尾巴爬山路,午后时分终于到了。没有想到夏天的绿色、秋天的红色都已经随时光远去,在林间只有星星点点的几行残雪。带着一份失望,我们临时选定了离栗子坪最近的景区神农架。

神农架,我们一行人中之前有人去过,知道"山脚盛夏山顶春,山麓艳秋山顶冰,赤橙黄绿看不够,春夏秋冬最难分"的壮丽景色,蛮有把握地再次进入神农架。不仅感受到了景区升级打造的新景观,而且还感受到了人文服务的大提升,于细微处的故事,难以忘怀。

清晨,我们一行还在梦里回味"大九湖"的晚霞余光时,却有好心人叫醒我们同去登神农架神农顶的"华中第一峰"。气温很低,零下多少摄氏度没有核实,手脚有些僵冻。尽管这样,我们一路盘旋而上。每到一个观景台，几乎看不见游人，偶尔有车辆上下。但每处一定有穿黑色制服的工作人员，或男或女，坚守在冰雪覆盖的景点上，微笑地提醒着我们"车慢点"，还问车"是四轮驱动的吗"，热情又温暖。当我们行至神农顶不到十公里处，车轮不听使唤了，在结冰的路上打着漂。当我们的车刚刚停下来，景区一位开环卫车的师傅马上跟上来了，以他的经验帮助我们的车前行，但退了又上，上了又退，几经反复，没有作用。于是他主动提出用他的环卫车牵引，但是我们的车却没有挂钩，怎么办呢？他又立即启动环卫车在前轧路，我们的车随即跟上。这招真灵，终于顺利前行了。我们没有想到的是他一直关注着我们，直到我们登上神农顶。此情此景让我们又想起了在"大九湖"景区的一位司机。我们一行于下午差一刻五点的样子到达"大九湖"，景区关门时间是五点整。正在无助无望的时候，一位换乘车司机说："本来是不能卖票了，考虑你们来一次不容易，我拉你们进景区。"说完，他把他的大巴车开过来，就我们一行三人，拉去拉出，直到夜幕严严实实地罩在大山剪影之后……

　　在神农顶上，有幸在刻有"神农顶"三个字的石头上，发现了雪山精灵，让我们喜出望外，兴奋不已。石头上一堆积雪，在阳光下剔透发光，尤以形似两尊玉雕，如猫，如兔，如狮，如虎……像是在拥抱，在嬉戏……憨态可掬，我赶紧用手机微距功能拍摄了下来，反复欣赏，爱不释手，信手发了朋友圈，摄影专业的或者不专业的，纷纷为我点赞，还有的留下一片好评。

正在这雪巅上如痴如醉的时候，又一道风景进入视线。一对恋人在这里拍摄婚纱照，小伙子身着黑色的西装，姑娘则是洁白的纱裙，变换的造型，心动的激情，嘴在哆嗦，腿在颤抖，但浑身有滚烫的热血奔涌。围观者不停地起哄叫喊要他们抱一抱，可能这对恋人早就想用身体互相温暖了吧，于是在叫喊声中，他们深情地相拥而抱吻在雪巅之上……

午后时分，我们一行带着山美、雪美、人美的感叹下了山。沿途山缝里渗出的水成了晶莹的冰帘。我们一路在想，这里一旦春暖花开，也会像风铃一样叮叮当当奏响乐章，把神农氏搭架上山采药的神话演绎得更加精彩，而美传天下！

心光闪烁

刚刚入秋，就踏上了北行的列车。

去北京多少回了，都没有细细记过。这次必须细细地记下，留下深深的记忆。因为这是圆梦之旅！

女儿小薇早在几个月前就知道我金秋时节要去北京参加一个活动。她也早早地为我赴京作了联系。深知我热爱中央电视台综艺频道节目。这种热爱和坚持我数年数月没有放弃，每一档节目反复看。正如朋友调侃的那样，我家电视只设一个综艺频道就行。正因为这样，从倪萍主持的《综艺大观》开始，我能历数出一大群的综艺主持人，还对他们如数家珍的了解。由此一发不可收，一二十年啦，就这样迷上了。也便有了一个梦，想到录制现场观看一场演出。女儿是父亲的小棉袄，最知父亲的心思。她因工作关系认识了北京一个叫小涛的朋友，特拜托他为我找门票，去中央电视台《星光大道》栏目组现场观看节目录制！

　　走出北京西站，首都风和日丽。我们一行忘掉了一天乘车带来的疲惫，转身又坐上了小涛的车，直往北京星光梅地亚酒店《星光大道》节目录制现场。当我们走进现场时，醒目的《星光大道》舞台已经华灯初上，闪耀着星光！有些激动的我，拿起手机狂拍进出的演员，进出门的指示牌，指挥进出门的保安，还有评委的座位牌，点评嘉宾的座位牌，我的D区4排11号座位，以及《星光大道》舞台的不同侧面，直到工作人员热场后才静了下来。

　　晚上8点30分左右，方琼、周群、卓林三位重量级点评嘉宾一落座，朱迅、小尼两位主持人挽手从舞台大道走了出来，全场起立欢呼，华灯四射，掌声如潮。宏大的气场，鼓噪得热血沸腾。好让人感慨，也好让人感动。有人用一辈子的奋斗，就是为了站上这个舞台。接着，依序有五组选手本着"百姓自娱自乐"的宗旨，放声歌唱，展现劳动者自我的舞台。全场笑声此起彼伏……

　　置身其地其景其时，平常觉得这个舞台离我们遥远，而当下却近在咫尺。我走进这里的观众区为什么走了几十年？上这舞台真是不容易，不要说演员，就是两位赫赫有名的主持人，在聚光灯下磨砺着，也是汗水流淌啊！他们闪现的心光，填满了我们的心房。艺术的创造需要时间、毅力和追求，绝非一蹴而就。记得我的家乡开州，去年也有两组选手先后登上了这个舞台。第一个是三位能歌善舞的小伙子，取名"山风来"组合，演唱重庆民歌《太阳出来喜洋洋》作为第一关"闪亮登场"。第二个是农民山歌王凌发轩把情歌唱到了这个舞台上。庆幸的是，他在冲第三关"家乡美"时，唱了我作的歌词作品《山山水水梦一回》，这首歌词是我在凌发轩所在的开州满月乡采风后创作的。没想到一唱就唱到了中央电视台，至今还对歌词记忆犹新："山还是那片山，水还是那沟水，山村的人儿变俊美。男人歌喉像鼓擂，女人心瓣像花蕾。世世代代的梦啊！圆在我们这一辈。山还是那片山，水还是那沟水，山村的故事比画美。男人牵着太阳丰收回，女人挽手月亮情在飞。世世代代的梦啊！圆在我们这一辈。山还是那片山，水还是那沟水，山村的日子真甜美。男人一杯烧酒壮怀享百岁，女人一根银线巧绣鸳鸯醉。世世代代的梦啊！圆在我们这一辈。"有点遗憾的是，他唱时我在电视机前当观众，今天我在现场当观众，他又在电视机前当观众，但我们的心光同时在闪烁！

演出还在进行，我的思绪万千。几十年坚持看综艺节目，一边欣赏，更重要的是一边学习。正是这样，鬼使神差，一不小心热爱写歌词了。文可化人，艺术更动人。央视综艺节目就这样成了我的良师益友，放不下、离不开。主持人的字字珠玑，访谈节目的深邃智慧，音乐作品的感染力，大型晚会的磅礴，都成了催化我的力量。不舍地依恋，不懈地琢磨，让我爱上了艺术，并付之行动践行和探索。这次来北京，同时参加"唱响中国——2017第二届大型音乐活动"，我的歌词作品《三峡汉子》获"中国歌曲创作金牌作词"殊荣。在接受著名作曲家陈涤非亲自为我颁发金牌那一刻，我脑海里又浮现出了三峡汉子的形象，那就是："云里走，雨里穿，三峡汉子，脚踩山水转。土碗喝酒脸朝天，喝下几碗醉红山。一缸茶水灌几天，龙门阵来夜不眠。头顶太阳爬山巅，背着月亮把山还。一声冲天翻江吼，喊山斗水世界看。祖祖辈辈梦一船，荡起云水天地宽。万重山，万里蓝，三峡汉子，拉出平湖跑大川。"还零距离地与中国词曲大家们现场交流。在开闭幕式上见到了王佑贵、李幼容、邬大为等著名词曲作家。正如之前，原中国音乐家协会副主席王世光老师常教诲我的那样，知识可在实践中学，也可在书本中学，而当代要在传媒中学。而且荣幸的是，王世光老师还为我的歌词《百里三峡美如画》作了曲。我在想，之所以要到央视节目现场来亲临感受，也是学习动力的驱动吧！

节目录制快到尾声了。突然接到电话，说我们万州姑娘龙迟赤之前在这里录制的节目，周五在央视正式播出。这种喜悦，这种心情，这种自豪，这种骄傲，在现场的感受，那才是热血流淌的欢乐！

不知不觉，在现场已过三个小时了。全场的情绪还是那样亢奋，掌声还是如初，尖叫声不绝于耳……

  一生难求的精神大餐，我这一辈子是忘不了的啊！

  谢谢女儿小薇，圆了我的一个梦！

秋天的遇见

9月6日这天，入秋好些日子了，还是像火烤一样，闷热，让人心不静，神不安。正想着又回山上歇凉的事儿，突然接了一个来自北京的电话，邀我去参加一个被采访的活动。于是我爽快地答应了，趁此逃避这燠热的天气。就在当天下午启程，坐上了去重庆的高铁，再往北京。

车到内江站，上来了一位老人，同我坐一排，引起整个车厢客人的关注。他精神矍铄，满面红光，笑声朗朗。背着的行李遮完了身体，左手右手提着盖满泥土的花钵，黄豆般的汗珠不停地滑落。大家见状，赶去帮忙，他却一个劲地说："没事，没事，我行，我行。"他很利落地放置好随身物品，车厢里也静下来了，列车继续前行。而他，从怀里拿出平板电脑，直接去了乘务员工作的窗户下对着窗外拍照片。这不得不让人惊讶！当他回到座位上来时，大家却投去羡慕的目光。你一言，我一语，亲切地喊他老大爷，也问一些家事、心事，出门到哪里去的事。他一口气地说，激动时还站着跟大家说，说他养心健体，说他心头敞亮，说他不整别人，滔滔不绝……每当动车来到新一站时，他又径直去拍照，并挨着人分享他的作品。我问他多大年龄了，他有些孩子气般地叫我猜，弄得我云里雾里实在不敢开口，生怕猜得不恰当引起尴尬。直到了北京西站，他才跟我说，他满八十二岁了。这时，全车厢的旅客除了惊讶，还有感叹和羡慕。终点站到了，他又背又提，忙着下车。我用手机拍下了他含笑的瞬间：没有蓄发的头顶油光发亮，脸庞没有一处斑点，嘴里一口完整的白牙……分手时，他握着我的手调侃说："你的手劲儿太差力了。"顿时，我倒有些无地自容了。

　　到北京已是晚上九点钟了。来站接我的是邀请方，即八一电影制片厂的一位姓赵的老师。他魁梧，豪爽，典型的北方汉子。到目的地保利大厦不到一小时车程，他把邀请我到北京的意图一一说明，谦逊而温和，简略而细致，并不停地说："坐一天动车辛苦了，当晚不安排活动了，第二天早上用餐后，九点钟正式专访。"就这样，我到北京的第一个晚上美美地睡了一觉。

　　第二天，也就是9月7日的上午，我准点来到了保利大厦501房间，大家都已经在等候我了。一个长辈模样的学者，见我一脸生疏，忙请我坐，并一一介绍已经坐定的各位嘉宾。特别说了，邀我接受专访的来由。这时，我也才知道，他们是八一厂的，正着手创编一部名为《组织部长》的电影，了解到我七年前有过五年基层组织部部长任职经历，希望面对面地给他们讲些工作上的体会。虽然有些突然，但是毕竟在这个岗位走过，心头很快平静了下来。

正准备进入话题，坐在我旁边的小刘递过来一个单子，上面印的是编剧组主创人员名单。我一看，不由得惊异地张大了嘴巴，差点晕了，全是大咖呀，肃然起敬！

长辈模样的那位叫刘星，当过八一电影制片厂副厂长，全国政协委员，国家级编剧，著名军旅作家，著有电影剧本《开国大典》《你好！太平洋》等。让我更诧异的是，头晚上来车站接我的赵老师，叫赵学华，居然是这次制片方代表，曾其制作的主要影片有《大决战》《淮海战役》等电影制片。还有魏然森、韩海滨等全国著名编剧、作家、艺术家聚集于此。

一屋的名家，倾听一个基层组织部部长的声音，起初还真有点小紧张。但是想到他们能在那么多的组织部部长中邀请我来，说明我对他们来说，总还是有些价值的，因此瞬间又自信起来。他们的优势宏观，我的优势直观。他们想听的，也就是我们做的。一会儿心情平静了下来，采访便开始了。

开场，刘星老师就跟我说："今天全由你一人讲，我们全听。"接下来给了我两个话题，上午是谈怎样当组织部部长，下午是谈个人的家庭和工作经历。好在从酷暑未消的日子里走进秋高气爽的北京，遇上了人生又一次值得珍惜的机会，心情格外地舒畅，再次庆幸来自"三生有幸"的城市。

让我倍加感动的是，上午下午全天候采访我的大咖们，精神始终饱满，中途也不休息，他们还时不时地提醒助理同志专心听，认真记，全程录音，帮我添茶水，递面巾，照顾好我在北京的吃住行。

9月8日下午，编剧组又聚在一起，再就有关题材作深入了解和收集，我便把从万州专程带去的《行走五年间——基层党建工作实践与思考》一书送给了剧组的所有同志。这本书记录并著述了我担任组织部部长的工作过程。他们都很诚恳地讲，这类书平时读得少，但这回要创作《组织部长》，一定好好地读，从头寻找基层组织部长的足迹。接着，他们要求我在书上留下一句话。我不假思索，便写上：请大师指教！

这天晚上，时任重庆市人大常委会主任、党组书记，重庆市常委、组织部部长的陈存根，专程从北戴河会议中心赶回北京，看望编剧组和我。席间，当时的陈部长聊起了他在重庆和我们工作时的感慨。时隔七年，又回忆起当时推荐我到全国组工干部学院交流工作经验，推荐我参加中央党校组织部长培训班并交流经验。当着剧组的同志，肯定我在组织部部长岗位上，非常勤勉，勤于思考和总结。一席话儿久久地荡漾在心里。离开时，剧组同志跟我说，你还有可能到北京来，我们也有可能到万州去。意犹未尽地话别，很是期待再聚。

　　这个秋天上北京，处处新遇见。离开北京前一天，我专门给老乡大平打了个电话。在大平的热情挽留下，我出席了他的私宴，边吃边喝边侃。突然，大平跟我说："旁边这人认识不？"我说："不认识。"他便介绍起来："她是你们开县人，在重庆的北京商会工作。"说到开县，我就激动，那是生命的根源。于是我问她姓什么，她说姓刘，叫刘玥。我又问她的爸妈叫什么，她说父亲就不说了，她母亲姓管，我问叫管什么？她说叫管洽春。"天啦，真的吗？"我惊异又疑惑。她说："是真的。"管洽春是于我有恩的大姐，四十多年前，我从师范抽出来搞"社教"运动，和她在一个工作队。那时，她已是孩子的母亲，对我们才初到社会的年轻人真像母亲一般……后因工作队撤散，她回了城里的岗位，我们回到师范被安排到了偏远农村小学，从此杳无音讯，再也没有联系上一次。我情不自禁地要她母亲的电话，她的脸色突然灰暗下来，抱歉地对我说，最近她母亲因病做了手术，不方便说电话。她又说可加她母亲的微信……果然，不到五分钟，她的母亲在成都那端发来了问候！我在心里默默地祝福，愿管大姐能顺利逃过一劫，尽快康复。

一生遇见流淌成河，岁月里刻下记忆的不多。动车上那老大爷的人生感悟、蓬勃的活力、说走就走的激情，脚下永不停歇的状态，深深地感染着我们，浸润在我们未来的生活中。尤其难以忘怀的是那群站在艺术巅峰舞蹈的人，还孜孜以求地探索、解惑，不懈地创新境界。离京最后的晚餐，可以说超出聚会的意义，让我回想到几十年前行走的情景，有欣慰，有感动。

　　遇见就是相逢，相逢就是美好。秋上北京，一生难忘！

九月的雨天

凌晨四点多钟，迷迷糊糊的，辨别不了是来自窗内还是窗外的一阵"吱嘎吱嘎"的声音，把我惊醒。立刻起身，开灯，四顾查看，却没有发现什么异常，只有夜的寂静。又关灯，继续躺平。再醒来时，已是六点时分，闷雷滚过，几道闪电，风启雨幕……

像日常一样，顺手拿起床头柜上的手机，第一时间关注微信朋友圈。让我惊诧的是，泸州泸县地震消息刷屏了，时间就是发生在我隐隐约约听见"吱嘎吱嘎"声音的那个时候，顿时，忽有一身冷汗浸出，掀开了门和窗，朝着泸州方向默默地祈祷平安！

七点过，大雨如注。小孙子还是唱着"太阳当空照……"那首儿歌去沙坪坝上学。扮演"白发书童"的我，责无旁贷陪送前往。一手撑伞，一手提书包，口罩、公交卡、水杯和手机随身携带。小区，马路，校园，满地是积水,我和小孙子的鞋袜虽然湿透了,但是我俩不怕风吹,不怕雨狂,做到了不迟到,不缺席,高高兴兴上学堂。

没有想到的是,白露都过了,秋分也快到了,还猛烈地下这么大一场暴雨。上午十一点左右,城市的上空瞬间暗沉了下来,云不飞,雾不散,城不见楼,暴雨倾盆而泻,城市的所有喧嚣都被风雨声淹没。小巷流水,流出了瀑布的模样;马路下穿,穿出了河道的模样;大街平地,启动了看海模式。远远望去,城市道路网络"黄"成一片。

我在家里的阳台上,眺望着远处雨景,有些焦虑,不知哪些地方又要成灾,大自然愤怒起来太可怕了。这时,手机铃响了,是小孙子午间托管老师打来的电话,告诉我赶紧给小孙子送衣服去,她说小孙子从教室到托管食堂短短十几分钟的时间,衣服裤子全被淋湿了……

我收拾收拾慌忙钻进了雨林,刚走到马路边,新换上的鞋袜又完全湿透。一辆出租车疾驰而来,路边站着一位等车的老太婆,我们都以最快的速度开门上车。出租车司机望着我,我望着老太婆。瞬间,老太婆听说我是为孩子送衣服后,一声不吭地下车了,并留下一句"孩子不能受凉"的话走了。出租车开了,我扭头看见老太婆站在雨中的身影,心里酸酸的,很是愧疚。

雨,越下越大,看不清前方的路。路,越来越堵,比步行的速度还慢。二十多分钟的路程,过了一小时,还没有走到一半。司机从导航中看到,前面的道路已经堵

死了，正在应急疏通。这时，心急如焚的我，决定下车赶路。雨水像汗水，汗水像雨水，花甲之年的我，居然一路奔跑起来了，脚下溅起的水花像是在为我鼓劲加油。

午后一点半左右，终于到了校园。家长们像赶集一样聚在这里，给各自的小孩送伞，换衣，换鞋，每一个小孩却像小太阳似的灿烂地笑着。人群里，我找到了午间托管中心的老师，她们像妈妈一样守护着孩子。开口就是暖暖的话，担心家长来不及，中午利用午睡时间专门为这些孩子烘干衣服，因为时间短，孩子多，所以有的衣服没有完全干。我赶紧为孙子换上衣服，看着孙子精神抖擞的，我顿时放下心来，除了家人，还有老师们也在精心照料呢！

下午五点左右，刚刚亮开的天空，又密布了乌云。我和小孙子挤进了回家的人流。突然，手机提醒一条市气象台的新信息——"您所在地区已出现大暴雨，预计仍将持续，并伴有雷电，请注意防范和及时避险"，祈愿平安无事。

雨里去，雨里来，值得记录的一天，2021年9月16日。

渴望春天

3月9日，上午出了一阵太阳，天气暖洋洋的。从窗台望出去，远山开始转青。嘉陵江已落到了浅浅的水位，清澈见底了。北岸边一块闲着的土地长满了野草，淡淡的绿，轻轻的风，还有自由自在的一群鸟儿在撒欢！

去年年末，一场猝不及防的新冠肺炎疫情暴发后，全家人躲在了家里，吃了睡，睡了吃，厨房转到客厅，客厅转到卧室，卧室转到阳台，一日复一日。到后来，能去楼下小区走走就成了生活的奢望，感受大自然的变化只得从阳台上的花草生长去观察。

一颗颗心，一双双眼，天天都在切切地渴望着走进窗外的那一片天。

一万个没想到，就在中午，在家待了四十多天的我们，突然听到戴上口罩可以下楼的喜讯，都会心地笑了，孙子更是高兴得跳了起来。全家人用最利索的动作收拾好，像鸭子扑水似的争先恐后下了楼。开车驶出小区，来到一片陌生的郊外。

漫长的冬季，眨眼穿越到了春天。这里是个天然的田园，村口有一道大门，我们一走进去就感受到了春意盎然。眼前是春的风，春的水，春的景，春的色，还有莺飞草长的忙碌。

老伴儿的天性是忘不了每日的三餐。一下车就往菜园子跑。萝卜青菜各有喜爱，像从市场归来一样，两手提着大包小包还带着泥土芳香的蔬菜，真是喜出望外，好久没像这样爽朗朗地笑过了。女儿她们就不一样了，手舞足蹈，心儿飞扬。早早瞄到了那一片油菜地，那里天蓝地黄，风摇蝶舞。在一丛丛的花间里歌唱，摄影，录像，或摆弄造型玩自拍抖音。起伏的花潮制成了心中的春天大片！

小孙子静静地蹲在青瓦屋檐下，目不转睛地盯着红公鸡和黑母鸡，在花开的李树下说悄悄话。乐了，他又深一脚浅一脚，歪歪扭扭地朝着种有草莓的大棚跑去。双手提着小篮子，还一路哼着歌儿。进到大棚里面，小孙子看到满地像红珍珠的草莓，惊喜得又叫又跳。胖乎乎的小手，每摘一颗草莓就要放开喊一嗓爸爸妈妈，分享他的收获，分享他的快乐，让大人们也走进他的童话世界。

就在小孙子开心的时刻，我的脑海突然浮现出他前几天背诵的一首经典童谣："春天来了吗？去问柳枝上的嫩芽；春天来了吗？去问桃树上的鲜花；春天来了吗？去问池塘里的花鸭；春天来了吗？去问梁上的燕子妈妈。"哦！小孙子手里、眼里，还有心里的春天，原来是这样的！

时间过得真快，一晃太阳就要下山了，全家人的喜悦装得满满当当。返回的车上，一路飞扬。我又想到了去年，也是这样的三月天，回老家的情景。遗憾的是今年的春天回不去了，灾难性的疫情还没有彻底解除。幸好还留下了短文《老家的春香》。摘抄几句，表达记忆里的故乡春天。

"清晨，我来到老家万塘梨海雪园。昨夜一场春雨，把这儿的天地洗得清新泛绿，千树万树的梨花开了。天边的云雾还在山峦留连，乡间的炊烟还在山洼流淌。一个个自然的小院落拴在一条条蜿蜒的银白色山道上，徐徐地展开山村的浪漫画卷……"

遗憾已经不可改变，我们更加懂得了珍惜。

相信明年的春天，我们一定能回到渴望的故乡！

五月雪

　　南方人说起雪，心头就有些激动。遇见五月雪，那就激动难抑！

　　2017年5月27日，从稻城去康定，本是川藏行的返程，对一路上的风景风情没有多大的期待。按常态，我们早上8点上了路。感觉得到夜里下过雨，山边还有薄薄的雾，绵延的路面上还有湿漉漉的车辙。

　　高原天气娃娃脸，说变就变。太阳没了，雨来了，雨没了，雾来了，雾没了，雪来了。视觉好像出了问题，不相信眼前一幕幕地更替。当车盘旋在出稻城的第一个山峰时，一车的惊讶！不！应该是一路车的惊讶！每个人迫不及待，从车里跳出来，意想不到的惊喜是，转眼来到了雪野，近在眼前，踩在脚下，铺到远方，去了天边。最弄风姿的女人，用丝巾裹头、围脖、缠腰，一个比一个妖娆，就像一抹彩云，随着风儿轻轻地飘飞在雪之上……

这雪景有特点，高原独有。一到平坦地，宏大辽阔。车行其间，漫无边际，心儿在飞，天也跟着飞；若遇沟谷和山峦，千里起伏。拉开车窗，风驰而过，没有人烟，没有鸟飞。人人都说高原雪域十分震撼，依偎在她的怀里，有无限的遐思。

　　头天，我们沉醉在亚丁。海拔最高处4500多米。我们吃了午饭，绕开景区路线，选择并行的一条山路去了亚丁山顶。进入眼帘的景色也让我们很兴奋。高原杜鹃满山怒放，红得如火，白得如雪，色泽厚而浓，鲜而亮。特别是在太阳照耀下，像有情感似的，笑得让我们陶醉。穿出杜鹃林，又是一片新天地。无涯无边的高原草场，虽是5月了，还是遍地苍黄。但在这里，得天独厚的是看天、看雪。举目望出去，天上真没有一丝云彩，而且方圆万里，只有隐隐约约的月亮在向我们微笑。神秘的雪山，它在最远的天边，一座座地重叠，一层层地矗立，像一幅巨大的天幕遥挂，闪烁着奇观和光芒。与眼前的雪景比，多了一分朦胧。

　　午后，我们到了折多山脚的新都桥，这里一步一景。在山上遇见雪后的喜悦还浸在心头，天上突然下起了雨，大家如获甘露。行程两周多了，第一次见这么大的雨。眼前雨幕里的画面，正如摄影家们所说，这里是天堂。在一个沟槽流水的河边建镇，藏式民居集聚，人烟和香火很旺，常年清水潺潺，古树常青。尤其是秋天的味更浓。各

地人流云集到此，依其自然草枯树黄的景色优势，摄影作画，洗尘洗心。那灵气，也是源于雪山恩赐这个小镇的圣水。

我们一行人从稻城途经雅江，翻过好几座雪山，都不见水的踪影，来到新都桥却宛若江南水乡。雨越来越大，跟在后面同行的车，不停打电话过来，要求停车，说这里值得下车看看，可是我们行在前面的人，尤其是开车的司机犟着性子，执意要向前开。原来，得知我们这天最后要翻的折多山，积雪没化，又在狂飘，有封路的可能。如果不往前赶，真遇到封路，就得车宿山脚。于是油门踩得更有劲，后面的车只好跟上来了……

下午4点左右，不得已全速赶路，直奔海拔4000多米的折多山。没想到的是一到山腰，果真下起了暴雪。我们不但不记恨这所谓的鬼天气，反而认为是幸运，朝着老天呐喊，被眼前千载难逢的景象惊叹！一行人再次控制不住情绪了。把人裹成企鹅似的，走进茫茫雪地，望着雪从长空飘飘摇摇落到地上，一时间物化为生灵，似虎似狼似狗似熊，更似绵羊，更似轻燕，更似幼鹿。轻轻抚摸，肥肥的、胖胖的、厚厚的、绵绵的、软软的、酥酥的。一群硬汉面对此情此景，都柔情似水啊！

没有想到，没有期待的一天，却成了一生难忘的一天。这就是雪的魅力！不！五月雪的魅力！

晚上9点，终于从雪里走了出来。跑马溜溜的康定又和我们有个约定。

泥土里的影子

泥土味儿风景

昨天太阳刚刚落山,我例行去转路。从所在的小区出门朝左拐了一个弯,来到一片山野。天的西边有些昏黄,余光罩着一丛丛树林。围着山脚的是没有连成片的苞谷林和水稻田。边走边看,不时地用手机随拍,聚焦散发泥土芬芳的风景,还意外地发现这里藏着一块湿地。不一会儿,天色渐渐地黑了,不得不离开这里……

今天清晨,我带着一份好奇,六点钟又到了这里,景色确实很美。闪亮的露珠,轻轻的薄雾,袅袅的炊烟,悦耳的鸟鸣。一步一景,景随人移的湿地出现在眼前。我踏着浅浅的朝露,顺着小道走进去,才发现这湿地并非天然。这儿,独享初生的阳光,隐隐约约的农家也非常亮眼,时有鸡鸭的叫声传过来。偶尔有人进出。由于山厚林深,终年是静悄悄的。这个山洼洼,原来是能种尽种的田地,而今因山里人外出成了时尚,都荒芜了下来。地也长草,水也长草,青了黄,黄了青。无奈的荒弃,反成了一道原生态的风景。

比我还早的是一个钓鱼的老头儿。他坐在芦苇围成的小水凼坎上,眼睛死死地盯着鱼竿,嘴里不停地自语:"这里好,这里好,钓个心情,闻得到泥土味。说实在的,在城里住水泥屋,到山上来避暑还是水泥屋。所以,我天天来这里……"看得出他对这里的感情,从他的气色和摆弄,十有八九是从山村走出来的,觉得还是踩在泥土上踏实。从前闻过的鸡鸭牛羊的味道,在这里可以找回来。我凑拢去看他的鱼兜,里面有几条几寸长的鱼和虾,他的脸上堆满了笑容……

转身,我来到了这块湿地深处,遇见了正在水里洗衣裳的两位老人。老头子不停地吐怨气,老太婆不停地唠叨。老头子说,应该在水里洗。老太婆说,水里有鸭天天游不干净,坚持用井里的水洗。一句去,一句来,争个喋喋不休。看见我走过去,老头子连忙对我说:"你们是山外的人来看嘛,这里种庄稼多好,田出谷子,地出苞谷。现在成了这个样子,洗个什么都不方便。"老太婆倒是很开朗,抢过话题,像那竹筒倒豆子,"哗啦啦"地数落:"老头子,你懂个屁,现在山上好了,原来那些下山的人,到外面到处跑,现在又想回来了,城里人都上山不种庄稼是看风景……"一番简单朴实的话语,让我内心泛起层层涟漪,不禁想起前几天写的一首题为"阿妹喜在楼上楼"的歌词：

> 那年我到这山来／山花花眼睛藏着忧／阿哥多年不回山啊／阿妹窗下一树秋／后来我到这山来／山花花牵着太阳溜／阿哥在外心没丢啊／阿妹心头情回流／现在我到这山来／山花花日夜梳春头／阿哥踏上回山路啊／阿妹喜在楼上楼

让我眼睛一亮的是，正要用手机去随拍景致时，一束斜射的阳光，端端地照在有些泛黄的水草上，一群乌黑的鸭子划着细浪游了过来，漾起金色的水波……水草摇曳呀，鸭儿水欢呀，悠悠地，美美地。骑着摩托狂吼的一个当地小伙儿，在我身后戛然停下来，也蹲在这里，惊喜地看着眼前的景色，他感慨说，这就是他心中的风景！

是啊，生在深山。蓝蓝的天，白白的云；风声，水声，还有鸟声；山绿，树绿，还有水绿，薄薄的雨裹着那泥土的芳香，飘散开去……

一份延续的感动

"花瓣芬芳山水间,枝头叶茂万顷田园,我们的家园蓝蓝的天……"一曲写自2013年的音乐作品于今年金秋9月响彻重庆群星剧院。迄今,犹在耳旁,余音缭绕。主题鲜明,时代感强而又磅礴唯美的晚会画面,时时还在脑海浮现……

这场晚会期待很久。大约在7月,重庆市音协秘书长姜明就和我讲了,有一台由市委宣传部、市文化委主办、市群众艺术馆承办的全市性文艺展演,主题是"共建美丽家园,共享美好生活"。周亚辉作曲、我作词的《我们的家园蓝蓝的天》和古光炼作曲、我作词的《一辈子记得你》两首作品被导演组选上晚会展演,就这样,11个节目中,我作词的音乐作品上了两个节目。

大幕拉开的那一刻,主持人程晨、王延斌从花间山水的微笑中走来,整个剧场洋溢着浓郁的时代气息和强大的艺术震撼力。当他们请出《我们的家园蓝蓝的天》歌曲演唱者时，感觉心儿"怦怦怦"地直跳。尽管这作品获得过重庆市 2014 年精神文明建设"五个一工程"奖音乐类优秀作品奖，上过天津春晚、万州春晚，并且被定为重庆环保公益音乐作品，但在这样的剧院身临其境聆听和感受，还是第一次，而且是由著名歌唱家、重庆环保形象大使、重庆音乐家协会主席张礼慧登台演唱。尤其礼赞的是，重庆师范大学的舞美编导，他们通过音乐对我们 3000 万人的重庆大家园爱得如此之深，可以说创新和创意都到了极致，把一腔热血洒在了蓝天、白云、山川、河谷、花海、树丛、硕果、丰收和家园的舞台画面上。至此要由衷地感谢为呈现这美好意境和视听享受的艺术家们。

  这个作品，已经出炉五年了，传播越来越广，经历了积淀和绽放。当初，我其实没有更多的想法。还记得是在去重庆的高速路上，天气阴沉沉的。经过梁平时，上空突然开了一个天窗，阳光洒在大地上，向往而又期待的家园呈现在眼前。油然而生的创作灵感来了，我写下了《我们的家园蓝蓝的天》词作品，没想到一次无为而作，却契合了"蓝天、碧水、绿地、田园、宁静"的重庆环保行动主题。当天一到重庆，就到作曲家周亚辉的工作室，当即拍定作曲。作曲家周亚辉用心连夜创作，反复打磨，几经折腾最终插上音乐的翅膀，跃然于舞台，用音乐的梦想展望家园长长的画卷、蓝蓝的天。

接着《一辈子记得你》这首作品又登场了。马骏和李雪连两位年轻的歌手深情地演唱,台上台下热泪互动。

写到这儿,不得不提起一个人,那就是晚会的总导演鲁广峰,重庆市曲艺家协会主席,重庆市群众艺术馆副馆长、研究馆员,70后的蒙古人。他把精深的思想、精湛的艺术、精良的制作,通过融合编排,绽放舞台的光芒。上《一辈子记得你》这个作品,就是他的良苦用心。为了"呼唤一个又一个人,站出来守护长江守护绿色"的节目创意,以情景剧的形式,由著名主持人韩咏秋担纲讲述故事《山间新绿一丛丛》。真实地再现巫山县红椿乡高炉村的护林员李美成坚守51年,守住万棵百年大树的事迹。就在这情动深处时,舞台出现了故事主人公,此刻,《一辈子记得你》的歌声响起,台上台下延续着来自大山深处的感动。

为了这份感动,鲁总在离正式演出时间不到20天的时候,还给我来了一个电话,说《一辈子记得你》这个作品很抒情、很感人,但因主题需要,要把原作品的词做些调整,希望支持。当即,我欣然承诺。之前,这首作品在万州春晚推出后,首唱的歌唱家周强第一时间把作品放到了酷狗网,歌迷反响很好,传播也快,在重庆举办的赛事中已经获过奖。尽管如此,我还是按鲁总的要求,对歌词做了调整。没想到鲁总收到词作后给了肯定和鼓励,也让《一辈子记得你》"一胎"生了"两个娃"。

时间渐渐远去,感动还在继续,感动那场晚会的"护林人",我为此作了一首词《住在云海的人》:

你是住在云海的人/一辈子守护在森林/山是你的根/树是你的魂/为了一生的承诺/风餐露宿报山恩

你是住在云海的人/一辈子守护在森林/山是你的命/树是你的情/为了一生的责任/风霜雨雪穿林行

你是住在云海的人/千山万岭的保护神/踏遍了山外山/没有去过城外城/一辈子一山林/留给子孙万年春

2018年国庆节

窗前新雨后

昨天晚上下了一场入夏以来最大的暴雨。清晨打开窗户，天地一片宁静，第一缕晨光，是那么温和；第一口空气，是那么清新，扑面而来的风儿湿漉漉的，还裹着些丝丝的凉意……

天空洁净如洗，几朵白云潇洒地飘过，很快离开了这里。目光穷尽处的山峦剪影起伏，山峰隐隐约约地错落，近处的山岭像用过滤镜一样的通透，彩色小楼荡漾在深涧泉谷，且歌且乐！

山脚是一座很有年代感的城市，秀外慧中的气质一览无余，悠久的红色历史文化绽放出无限的魅力。楼如尖碑，如笋竹，如船帆，如灯塔，林林总总，耸入云天。依偎在它怀里的磁器口，刚刚脱下曼妙的薄纱，"一条石板路，千年磁器口"的古香飘然而来。

泥土里的影子

> 江水船儿溜，岸上男儿吼。
> 一条石板街，步步留千秋。
> 树荫一巷梦，楼上妹儿羞。
> 溪水洗长袖，月亮万户悠。
> ……

穿城而过嘉陵江水虽然在夏季枯瘦了许多，但清澈见底，风光依然，不急不缓地流淌，为城市深情地歌唱着。江边，一块块礁石大胆地裸露着，感受阳光的抚慰；沙滩上长出了青青的草，黄黄的花儿，热情地招蜂引蝶；一群鸟儿也应约而至，在戏水欢跳。一艘小船划过，荡开"人"字形波纹，水花留下的声音如晨曲般掠过两岸。江面上横亘的座座大桥上，已经跑出了城市奔腾的速度。不是夜晚的火龙，不是夜晚的银河，也不是夜空的那道彩虹，看着那画面，心儿仿佛也会飞起来，跟着它一路心旷神怡！

靠窗的江边是一片彩色斑斓的土地。早年这里是顺坡而建的厂房，随着"关停并转"停摆了，成了城市里的一方废墟，农村进城的庄稼人看见撂荒心就痛，手脚痒痒的。亲眼目睹他们像在乡下那样起早摸黑，风吹雨淋，一天又一天，一夜又一夜，搬走了砖头，清出了瓦块，肩挑泥土覆盖在上面，便在城市里种起了瓜果和蔬菜，无毛之地出现了生机。遗憾的是，不久又传说这儿有新项目要落地,不到一天的时间,毁掉了菜园,又还原了"撂荒"地,一直搁置到"两江四岸"春风再度时。一年前,"隆隆"的轰鸣声划破了宁静,从此这儿披上了盛装。眼底下,一种叫秋英属的菊科植物——黄秋英,正在连片怒放,花开灿烂,金色辉煌,沐浴着五月阳光,芬芳写进了诗行。

傍晚,一片斜阳,花地川流不息的人影。飞机,无人机在上空翱翔;风筝,气球在花丛里追逐,还有蜜蜂和蝴蝶在翩翩飞舞。男男女女的摄影高手,扛着"长枪短炮"云集在一起,似乎要营造出又一个江边花海网红打卡地。双双对对的夫妻、父子、母女、情侣和伙伴都陶醉在其间,或牵手或拥抱,或矜持或忘我,或歌又或舞,抖出新生活的美丽倩影……

其实,这是窗前天天的风景。一夜新雨后,闷热难耐转换成清凉舒爽。瞬间,心境也变成了风景。

茶　聊

应友人之约，午后我们来到都市角落里的一间茶坊。虽然是一年中最冷的时刻，室内却暖意融融。一屋柔和的灯光，一张古朴的茶桌，一把铜铸的茶壶，一包芽尖上的绿茶，还有依着墙壁的一排落地书柜和一方名砚。茶香、墨香、书香，静静地绕，轻轻地飘……

我俩相对而坐，一个无题的思绪在这儿漫延。就着一杯茶，我说我的泥土人生，风雨路程，梦境变幻的浅睡眠状态。他说他的人生喜悦，困惑经历，脑洞大开的快意和突生白发的悲鸣。似乎，我忘却了我，他也忘却了他，都在讲述聆听别人的故事，无拘无束地敞开内心倾诉、碰撞、共鸣。好一阵子，我俩才把有些激动的情绪抚平了下来。感叹着彼此的感叹，太阳也有冷暖，月亮也有圆缺，星星也有明暗。鸟飞也有高低，虫子也有好坏，蛇也有利有毒，鱼骨也有软硬。大千世界，如此矛盾又和谐，人生旅途，如此复杂又简单。

空间的雅致和芬芳让人安宁平和，情绪逐渐平静如水，没有风起的细纹，也没有烧开的沸腾。听着一曲禅音，绵绵悠长，窗外一束冬日里的暖阳，把一地落叶照得金黄。我俩悠然地品着茶，絮絮叨叨地继续着。我说翻新年就是翻新篇，在新的起跑线上一定会遇见新的风景线。他说起新年就来劲，激动时情绪昂扬。但是他也很清醒，在目前的背景下，要重新调整思路才会有出路，挑战与机遇并存，风险与效益相连，坚信来年会有好运气。

畅快地交流着，话题越来越轻松、跳跃，似乎有些信马由缰、不着边际。他又向我发出邀请，春暖花开的时候，回到出发的那片土地上，寻找纯真、熟悉而有些遥远的面孔；在小河边上的鹅卵石滩做一次儿时的游戏，捧一捧浪花朝天撒下来；贴在泥土上，去闻一闻大地的味道，品尝汗水雨水浸泡的酸甜苦辣；坐在村口的那棵黄葛树脚下，回望出门的那条小路，回味弯弯曲曲的记忆，听那鸟儿在叶间叽叽喳喳地闹林；还有，到那山上转转，也许新鲜的空气会滋养出新的生机……

意犹未尽，外面已经灯火通明。我俩寻到一个临街的小酒馆，接着酒叙。言谈的味道里淡了些过去一年的不堪回首，多了些新一年的向往期盼……

春　雨

　　春雨绵绵，柔柔地飘了好几天，心里有了被淋湿的感觉，思绪也是湿漉漉的。清晨，迷迷糊糊地醒来，隐隐约约地听见滴滴答答的雨声打在窗外雨棚上，以前晨光里叽叽喳喳的鸟鸣声没有了，也不知道小鸟们到哪里去避雨了。

　　站在阳台上放眼望去，远处海市蜃楼般。高高低低的楼房上挂着神秘的面纱，涌动的雨雾缭绕飘拂；楼下的广场没有人闹腾了，穿过小桥的流水蜿蜒于小草间花丛里，五颜六色的网格地面像镜面一样的透明，撑着雨伞的人影像蘑菇一样在挪动；树梢上的风儿吹来叶片沙沙的声响，又像蚕宝宝吞噬桑叶一般的天籁之音，如针如线的雨丝曼妙地挥洒，织绿了心窗。

　　就在这个时候，手机突然响起来了，有些激动的声音来自乡下的老家，兴奋地告诉我说，下春雨了！

　　春雨之于老家，一滴水就是一滴油。至今还记得那时靠天下雨吃饭的情景,从入春日子起,就开始盼望雨动山水。那一天真来了,天大的事儿搁在一边,老老少少都不闲着。大大小小的木水桶、木脸盆、木脚盆都搬出来,顺着屋檐摆放一排,接满雨水后,一瓢一瓢地舀进水缸里,经过沉淀澄清后用于牲畜饲养杂用。年轻力壮的人们,戴上斗笠,披上蓑衣,拿起锄头就出门,直奔田间堵田缺,不让一滴春雨从脚下流走,确保稻田有水翻犁插秧。春雨一下就是好几天,但是没有谁抱怨,反而都很欣喜,因为雨水下得越细密、越绵长,土地才会深深地被浸润,播下去的种子才会有充足的养分。其实,当时年少的我们,根本不知道大人们为什么会因为下雨特别高兴,更不知道为什么在雨天还这么忙碌,只是没有大人们的管束,和伙伴们自由天真地光着脚丫来回地奔跑、打闹在春雨里,一会儿在父亲的田头,一会儿又在母亲守候的屋檐脚下,淋湿了头发,淋湿了衣裤也不会感冒。现在想起来,仍然回味无穷……

一年在于春,一春在于水。老家就从春雨开始了浇灌四季的忙碌。由于有攒足雨水的智慧和勤劳,即使短暂没有下雨,那些渴求雨水的禾苗也从不缺水喝。先挑溪水、河水,再挑塘水,一棵苗一窝水,从不干涸。"春浇一塝田,夏浇一山林,秋浇一山果,冬浇一坡苗",大人小孩儿心中永远流传着这样一首民谣。

如今,老家的春雨时节,有诗意的画感了。山顶戴帽,河谷下罩;秧田水声,布谷鸟叫;竹山笋尖,天边破晓；曲回幽径，桃李一家；乡间小院，炊烟缭绕；日出日落，霞光万道。真想再回到老家，徜徉在春雨春景里。

城里的春雨中，也有让人心动的画面。两天前的一个下午，我在一所小学校园门口，看到了一卷长长的春雨画面。

画面是灵动的。淅淅沥沥的细雨，被微风吹得飘起来了，宽敞而平坦的人行道上，挤满了撑着雨伞的人，高高矮矮，胖胖瘦瘦，大大咧咧，文文静静，神态各异。熙熙攘攘，密得不透风，或是爷爷奶奶，或是外公外婆，还有少许的是爸爸妈妈。他们目不转睛地望着即将打开的校门，翘首期盼自家的孩子出现在视线里，有的焦急，有的淡定。因为他们共同的身份是家长，神情里流淌着满满的爱心。家长们有的提着加强阅读的书本，有的提着小提琴和运动的鞋，还有的背着速写的画板……更为壮观的是，校门打开的一瞬间，摩肩接踵，人头攒动，五彩缤纷的伞花瞬间绽放在春雨里，沿着街道移动延伸，每个家庭的希望之花也绽放在春雨里。

滴滴答答的雨声像是唱着一首春天的赞歌，唤回我的思绪。春雨之于我，是一场与老友的重逢。

春月夜

　　暮春的夜晚，在那座海拔千余米的山顶，我们与月亮不期而遇，一抬头与月光对望的那份惊喜现在都还在颤动。月亮细碎的柔柔的光似乎是在岁月的拐角处，而那时，分明照进了我的心里，有久违的亲切感，像是久别重逢的故人。放眼望去，远山凸起的轮廓像一条巨龙起伏的剪影，长卧的云雾缓缓地流淌在隐隐约约的山谷里，时有炊烟缭绕的村落传来叮叮当当的银铃声。

　　我们沐浴着月光，欣赏着如水的月色，感恩着自然的厚爱。沿着山脊上弯弯曲曲的小路走了很久很久，月亮不离不弃地拨开一棵一棵树的树梢固执地相伴着，清冷的光辉把我们脚下的小路步步照亮。我们走着，月亮也走着，一行人静静地走在月影里，不断地仰望着天空，呼吸着山野的味道。真想跟着月亮一直往前走，不停歇，也没有尽头。

夜深了,一阵风吹过来凉丝丝的。我们回到了缀满乡愁的"人"字形茅草屋,月亮跟随着静悄悄地歇在屋檐下,敞开的门窗挥洒一屋清辉,真是"清风知我意,明月照我心"。瞬间兴致勃勃,倦怠全无,一杯绿茶,露台邀月,享受着山下飘然而至的绵绵悠香!大家感叹,此行,有此月光,足矣!

白天上山时,本应顺着导航的线路走,我们这行人却执意要走没有导航的乡间小路,想看一看城市里见不到的风景。左弯右拐的小路让我们无从辨别正确的方向,误打误撞进入了一个曾经辉煌过的园艺场。雅致的白色橘花淡淡地开放着,沁人心脾的幽香直抵心房,满山满坡蔚为壮观,大家忍不住不停地深呼吸、再深呼吸。一条小河弯曲依旧,两岸已不是天然的植被状态,修饰成了百花齐放的长廊。绕行的山路两旁肩挨着肩的楼房,装饰着五彩缤纷的色彩,"农家乐"招牌,一个比一个耀眼。但是,当年这片土地留下的主打产业柑橘,在山山岭岭仍然保鲜着生机,此时正是春耕播种的季节,敞开的车窗透出去,层层叠叠的画卷,处处花香蝶舞蜜蜂忙,林间穿梭的人儿,来自四面八方。

夜越来越深,月儿越来越明,我们的心境还是久久不能平静,仿佛李白笔下《静夜思》的意境又穿越回到了眼前。明亮的月光洒在井上的栏杆上,好像地上泛起了一层白霜,我禁不住抬起头来,看那天窗外空中的一轮明月,不由得低头沉思，想起远方的家乡……

是啊，年年到了春耕时刻，家乡的夜话就开始漫长。苕种出窖埋在土里那一天开始，父亲夜夜会牵挂它的发芽；谷种撒在秧田里那一刻开始，父亲夜夜会祈祷老天爷温和一些；肥球育出的玉米苗一下麦地，父亲夜夜唠叨割麦时保护好玉米苗；乌云挡住月亮的时候，父亲会通宵不合眼，准备堵水灌田……那时的我们年幼无知，从不知道父母为了生产操碎了心，只要是有月光的夜晚便是我们的节日，小伙伴们在夜色里肆意地嬉戏、奔跑、喊叫，看着月亮一会儿在头顶，一会儿在山后，不亦乐乎，直到大人喊回家睡觉了，才心不甘情不愿地回到家里。而如今，当年的伙伴大都没有联系了，还有人记得年少时春天的月夜么？

月光让人沉醉，思绪有些远了，波光粼粼的水田传来一场阵势空前的蛙鸣交响乐，让久居城里的人大喜过望。静静聆听，时而是一只只青蛙独唱，时而是百十只青蛙合唱；时而是小桥流水般轻盈，时而似黄河般咆哮，既有雄浑的高音、中音和低音绕梁，也有甜蜜、清脆和嘹亮的混响。大家乐滋滋地听着，聊着，一直认为月光下的蛙鸣交响乐，才是此行最难忘的记忆。终于明白了，大自然才是最伟大的艺术家！

不负时光，不负月光，感谢有月亮共度良宵，我们不约而同又举起了茶杯。月光如水水如天，檐下春水汪

泥土里的影子

汪的弯弯田，在月光下荡漾，在蛙鼓里歌唱，在轻风里舞蹈……

一个难以忘怀的春月夜。

遥远的村落

开州北部的深山里，有一个叫姚程的村落，二十多年前因为工作曾去过那里，有着世外桃源般的美丽。这么多年过去了，总是挂念着，一直想去看看。

初冬时节，与朋友相约，踏上了圆梦之旅。从城区出发，乘车沿着清江河而上，赶了八十余公里的路，经过幽长峡谷，盘旋蜿蜒山路，来到雪宝山脚下的关面乡姚程村口。

宁静秀丽的乡村景色，顿时抚平了路途的劳累。山，奇秀峻险，层峦叠嶂；水，清澈见底，缓缓细流；路，像一条银色的飘带，向大山深处延展……

几百户人家的村子，坐落在海拔千余米的高山上，静静地躺在青山环抱的谷底里。刚刚飞过毛毛细雨的院落，疏密有致地安放着，似油画般厚重迷人。家家户户门前挂满了丰收的喜悦，浅浅的雪野里还流淌着收割的余温，残枝枯叶里覆盖着诗意的冬韵，远上的石径两旁竹影深深，巴山沃土孕育出的黄连木香散发出独有的芬芳。

走在乡间，时光缓缓，脚步自然地慢下来，两耳不闻山外事，置身其间，感悟四季不同的风景。虽然是冬季，但能想象出春日桃花源流，夏夜蛙声虫鸣，秋意缤纷山色，冬雪泼墨醉狂。听说这里的夏季最特别，更让人沉醉，一到晚上，尤其仲夏，星空万里，可以跟星星说话，聊天聊地聊山聊水，也聊与恋人的炙热情感，互诉衷肠。更有智者，利用村落的地理位置，打造出闲适、古朴的新居所，一壶老酒，一杯绿茶，北斗七星的故事曼妙地在屋子里闪耀。远处座座山峰或像火焰跳动，或像五指擎天，或像巨佛长卧，或像笔架，或像马鞍，大自然傲然的千姿百态，一览无余。在这里，可以和自己对话，可以向着大山诉说……

翌日的清晨，檐下的流水声和鸡鸣犬吠声把我从梦里唤醒。推开窗子，眼前的景象给我又一次惊喜。剪影的山寨，逶迤的林海，牛耕的田园，还有缠绕的山雾，一个山外山、天外天的美丽村落，从远古豪迈地向我们走来。美如诗，美如画，美得让我们心潮澎湃。这里还有一个口口相传的民间故事，传说王莽追刘秀，刘秀一路逃亡，携母带妻，从长安一路南下，穿越大巴山，经城口至开州的满月，安营扎寨后，其母和姚、程二姓妃子住在与满月接壤之地的金银寨，养精蓄锐，厉兵秣马，推翻王莽新朝，建立了东汉……如此传奇的过往，石破天惊的村落也由此留下姚、程的姓氏，而冠名于千古，传承至今。

九时许，我们冒着潮湿的寒风，依依不舍地离开了这里。花路、古树、彩叶一遍一遍地在脑海中回放，唯恐忘记了这些动人心弦的画面。即兴赋词一首《山寨满天星》：

鸟儿声声，机器轰鸣/黑油油的沥青路/铺到了山里的寨门/阿爸一路唱新歌/双脚踩着晨露去旅行

云上聊天，漫步微信/香喷喷的山滋味/传来了风铃的笑声/阿妈满脸的喜讯/摆手舞出月夜的心情

山也青青，水也清清/红艳艳的花谷里/处处是甜蜜的梦意景/遥望山行的远影/山寨闪烁满天的星星

满天星光，满屋月光。永不忘，我的故乡。

初试三餐

初冬，寒意渐浓。一波新冠肺炎病毒卷土重来，几例确诊病例让山城有些小紧张，把家里井然规律的生活秩序也搅乱了。我们住在江北，可孙子要到沙坪坝上学，每天都得乘车上学放学。为了尽量减少公交出行被病毒感染的风险，只好回到学校附近的一处小房子暂住，由我照料孙子的学习生活。

（一）

起床的时间由六点二十分改为六点四十分，闹钟准点叫醒。陌生的屋，陌生的床，还有陌生窗外的光，睁开眼睛看，一片陌生的样。清晨的时间不容许拖延，我迅速起身，穿衣、洗漱，逐个开启煮蛋的、蒸糕的、烧水的电器，到了蒸气满屋萦绕的时候，便去催促熟睡的孙子起床。可是，喊了三遍、五遍，他依然用轻轻的鼾声和蒙眬的睡态回应，让我真有些不忍叫醒他，掐着点儿多让他睡一会儿。

想起我小时候那个年代，父母在农村挣工分维持全家生活，天不亮打着火把出门劳作。我们兄妹几人，早上醒来，自己去抬井水，自己去抱枯草，自己去烧火煮饭。如今，各种半自动、全自动电器一应俱全，只需要插电源按开关就能解决吃饭问题。如果时间紧迫或者自己不愿意做，各种外卖分分钟送到家门口。真是今非昔比呀！

孙子终于洗漱结束，因为我们都可以多睡一会儿，也不着急等车挤车，更不担心会迟到，所以都轻松愉悦。他吃肉馅包，我吃脱糖馒头，一个鸡蛋一杯牛奶，都吃得美美的。迅速地完成了早餐，我把他送到校门外。

（二）

寒风习习，云雾遮天。女儿昨天说，钟点工今天要来家里做清洁，要我回去照看一下。我送孙子进了学校，正准备坐车回江北。这时女儿又打来电话，说她昨晚上感冒咳嗽又有点发烧，今天没法去上班，让我也不要回去了，怕有万一，感染大家……

我顿时有些焦急和担忧。一会儿叮嘱她测体温，一会儿提醒别忘了吃药，直到她说去了医院，核酸检测结果为"阴"时，我才松了一口气。便在三峡广场来来回回地走路，直至身体有些微汗，完成当日运动任务。

一晃，中午时分了，该去准备中餐了。便脱去外套，卷起衣袖，淘菜、切菜、炒菜，像模像样地忙着，努力做得像一个熟练工。一会儿工夫，"三菜一汤"上桌了。这时候，正在老家医院检查身体的夫人打来电话，电话里像在家里一样没完没了地唠叨，千叮咛万嘱咐，吃饭尽量清淡些，要少盐少油，天气冷了，千万不能感冒。女儿也打来电话问我，网上购买订的半成品饭菜到了没有？都说女儿是"小棉袄"，自己生病就顾不过来，还担心着我。家人就是互相牵挂，互相惦念，心里暖暖的。

阳光也从窗外照进来了，暖洋洋的时光。一杯酒，更添了幸福日子的绵长味道。

（三）

下午五点半钟，我例行到校门口接孙子回家。孙子一出校门口，就凑近我的耳朵说，他要自己背书包回家，再不让我帮了，他说他九岁了。哦，昨天刚过生日的孙子瞬间懂事了。一路上全是他在说话，我一句话都插不进去。傍晚时候，我煮了一盘热腾腾的水饺，孙子很给我面子，吃得干干净净的，我也有些成就感。孙子听说妈妈生病了，担心妈妈操心他的学习影响休息，即兴哼唱了一首歌，要我录制下来发给他妈妈听，"其实作业并不难，只要细心就过关。只要动作快，效率就加快……"孙子乐观诙谐的样子让我不禁大笑起来。

正在孙子写作业时，他爸爸托人送来几只蟹，孙子闹着要吃，我想着趁新鲜，又为他煮起蟹来。虽然之前吃了那么多水饺，吃蟹时依然津津有味儿。一双小手非常麻利地忙碌着，筷子、小剪刀都用上，把蟹脚一只只剪断，再用筷子拨出嫩生生的肉来，翻来覆去就是不动蟹黄。我有些纳闷，问他为什么不吃蟹黄？他抬头望了望，眨眨眼，凑近我的耳朵悄悄说，他舍不得吃，他想留给我吃。说着说着，他用筷子夹着蟹黄硬塞进了我的嘴里。

那一刹那间，内心被血浓于水的亲情触动了，一股暖流像电击般传遍全身。孙子又开始预习明天的课文，望着专注学习的他，被温暖的灯光映照着，看着是一个小男孩儿，又仿佛是一个男子汉了。

一天三餐，烟火人间。第一次尝试照料自己和孙子的三餐，有味有悟有感。平平淡淡，简简单单，乐在其中，自在且喜欢。

2021 年 11 月 4 日

有闲有趣

世上有州千千个　　　　　世上有景千千绝
世上有城万万座　　　　　世上有花万万歌
我的州，我的城　　　　　我的州，我的城
大江平湖连山河　　　　　水天一色梦幻河

世上有江千千条　　　　　我的州，我的城
世上有峡万万多　　　　　一城万州，天地人和
我的州，我的城　　　　　我的州，我的城
海纳百川歌银河　　　　　万州一城，世界传说

——《我的州，我的城》

清欢渡

偎在云窝里,早观日出,晚采落霞。头枕着松山,望着夜空的星灯,听夜虫和青蛙鸣唱,还有露珠滑落的声响。

这儿是清欢渡,渡娘是土生土长的人,浑身透着脱俗的灵气,柔声细语,满世界的事儿装在脑子里,一山的草木和掌故润进了骨子里。也许是她早年挑着豆腐脑穿遍云间的初心未改,走起路来依旧裙摆生风。第二天一大早,她领我们踏着晨曦去问山,路上草丛湿漉漉的,树叶和松针遍地覆盖,垫在脚下松软绵密。遮天蔽日的树,茫茫无边的竹,在云雾和光影里荡漾。站在崖边俯瞰,风,从天而行,水,顺地而走,嘉陵江静悄悄地在山脚流过。意外地发现"一条石板路,千年金刚碑"的古村也坐落在江畔。渡娘告诉我们,这里是有传说的。佛祖释迦牟尼的弟子迦叶尊者到缙云山建寺时,前来助阵的金刚力士曾将一块巨石遗留于嘉陵江边,那巨石七米多高、两米多厚,状似一碑,直深入嘉陵江。这块巨石起初被当地居民称为"立石子",后因唐人曾在此题"金刚"二字,"金刚碑"的地名便沿用至今。此地兴盛于清朝康熙年间,因煤炭而盛,因店铺而旺,因人文而兴,因码头而活。金刚碑溪河两岸半山腰,古树浓荫,各类依岸而建用石灰粉刷的石头墙、土墙、竹木夹壁房屋,还有不少残存下来,成了巴渝文化一抹亮丽的底色……

清欢渡是缙云山上一处原住民的家园,经过渡娘勤劳和智慧打造,创意为心灵的渡口。午后,看得见风景的书屋,浸润着泥土和山花的芳香,满满当当的人,或老或少,或男或女,只有翻动书页的声音。茶吧间,一壶禅意,缙云雨雾缭绕。有人从古刹归来话清幽,有人从邓小平、贺龙、刘伯承曾经的办公地回来,心心念念那段岁月,还有人在悠然间想到了李商隐造访缙云山夜雨而至的情景,默默地吟诵着"君问归期未有期,巴山夜雨涨秋池。何当共剪西窗烛,却话巴山夜雨时"的千古诗篇。阳光棚与古树共生,斑斑驳驳的树影洒在地上,一对对情侣被松竹围绕,对视着阳光,坐看云涌,尽情地享受着"人间美味是清欢"。门前的草丘,生长着野趣,插秧体验、收割体验,分季呈现,逢年过节的糍粑、豆花,打磨不尽的乡愁,燃烧的烤架,升起乡间的烟火。

夜色里,更有浪漫清新的情调。云在青天,风在松间,清泉在石上流,大自然的声音缭绕在耳边。渡娘一身素衣飘逸在各色绣球花丛中，美得姑娘们挪不开脚步，静静地听她人生的故事、爱情的故事、清欢渡的故事。虽处大山深处，却独有人间别样夜色，春夜有花开、夏夜有蝉鸣、秋夜有松风、冬夜有雪飞……

渡娘引渡清欢，创意民宿，原住本色，耐人寻味的心语流淌清欢渡。

三千年读史，不外功名利禄；
九万里悟道，终归诗酒田园。

清欢渡，这个缙云山"长"出来的原生民宿，就是每个都市人心中向往的那个诗酒田园。

在这个离城市最近的美丽乡村里，你可以偷得浮生半日闲，真正体会世间最本真的欢愉，尽享人间最难得而最有味道的清欢。

四月小记

四月伊始,春光无限,一个念头老是在脑海萦绕,一定要再去一次红岩村、烈士墓、白公馆、渣滓洞。第一次去的时候,我还是一个十三四岁的懵懂少年,距今已经整整五十年了。

清明节前,我从李子坝轻轨站徒步走到了红岩村。那天,风和日丽,胸前佩戴着标志和没有佩戴标志的人流,一拨接一拨有序地前往瞻仰圣地,宣誓、演讲活动一个接一个,热血沸腾地簇拥着红岩精神纪念碑,一句句铿锵有力的誓言,传达出信仰坚定的力量……那一刻,我也融入了其中,曾经宣誓的情景在脑海里一幕幕回放,久久不能平静。

今天天气好,我决定去渣滓洞看看。上午九点过,到达渣滓洞入口处,大门还紧闭着,我还以为没有到开放的时间。后来发现有外地来参观的几群人正在向安保人员提出要求，好难得来重庆一趟，想进去看看，可是保安一脸无奈地说，周一是闭馆时间。见状，我也只好带着几分遗憾回转下山。

下山路上，林木苍翠，鸟鸣婉转，环境清幽。走着走着，突然看见一个废旧的隧道，洞口上方写着"渣滓洞隧道"几个字，顿时眼前一亮，随之兴奋起来。之前有很多微信朋友晒过这里的图文，曾萌生过想来实地看看的念头，但一直未能成行，今天居然意外地来到这里。这儿是当时的重庆特钢厂废弃的"铁路隧道"和部分轨道，蜿蜒在山腰，而今成了网红打卡点。

从渣滓洞口方向进入渣滓洞隧道，首先映入眼帘的是一个小村子，院落几许，古木参天，小桥流水，山花斗艳。竖立在村子活动中心的展牌跳动着红色的火焰，字里行间，镌刻着关于这座红色山脉的历史典故。地面轨道依旧，锈蚀斑驳，两旁已用地砖材料铺就步道；两侧洞壁是用石条镶嵌而成，像城墙一样。年代久远了，缝隙漫出的水，浸润出天来之笔，宛若古时的一幅幅画作；顶端满满的网状星灯，隧道里流淌出幽幽的光亮，来来往往的游人自觉地放轻脚步，降低说话的声音，用心体会古旧的意韵，感受时光的穿越，怀想逝去的过往。

走出隧道口，便是渣滓洞站。一群游人在站台肃立，一会儿抚摸站牌，一会儿回望洞口，看着"渣滓洞"三个字时，心情都格外凝重，默默缅怀着为中华人民共和国诞

生，在此恨饮枪弹的先烈们，向英雄致敬，为英雄骄傲！

顺着轨道前行，先后又经过了"白公馆"和"川外"站，一组一组生动立体的画面在春光里延伸。一群神采飞扬、乡音各异的老大妈，努力地找寻散落在枕木间的年代故事，陶醉在春风里；从校园走出的姑娘小伙儿们，漫步在轨道上，仿佛走进了远去的岁月，感受"血"与"火"的考验，舒展着双臂，拥抱着梦想；几个小朋友迎着阳光欢快奔跑着，明天和希望正在召唤着他们……

行走在过去与现在交汇的时光里，不禁感慨万千。有些历史，代代铭记着；有些精神，代代传播着；有些力量，代代延续着……因为这样，所以国富民强，山河无恙，人间皆安。

2021 年 4 月 13 日

樱花渡

春雨刚刚淘洗过的樱花渡,依偎在长江万州段岸之南,千里来回的船只舒展摇臂,歇在了渡口,安享云薄风轻,静听思念潮声。江水拍打着岸边,岩瀑拨弄着琴弦,站在依山而立乃翠竹簇拥的楼上凭栏四望,白居易笔下的诗情画境扑面而来,"江上新楼名四望,东西南北水茫茫"……

樱花渡的起源未曾追溯。水兴渡口,渡口兴水,还是花兴渡口,渡口兴花,时时有人在疑惑。在水一方的樱花渡风生水起,因樱花薄薄的冰洁,芳雅的气息,在每一个万州人心海中曼妙地沉醉着。自从种类繁多的樱花千里迢迢来到梦幻般的万州江南以后,尤以大山樱、松月樱、关山樱、红叶樱、兰兰樱、一叶樱和冬樱势力壮大。三百多亩土地上生活着六十多个支系的樱花姐妹,孕育出林林总总四千多子孙,为了以免血统混淆,每棵树都有一枚身世牌，记载着自己来自何方他乡的美丽传说。春风才起雪吹香，我们徜徉在花间小径，粉红的花朵，绒绒的花瓣，或像绣球，或像伞房，挂在枝头。大山樱在这里显摆高大颜值的骄傲，格外惹人瞩目。1972年日本已故首相田中角荣在中日恢复邦交时，它是作为礼品树来到中国土地上的。又让我们想起苏曼殊的《樱花落》，"十日樱花作意开，绕花岂惜日千回？……"意在于十日樱花开放了，绕花观看即使一千回也不会嫌多啊……

　　樱花渡的美丽在创造着、传播着，新近又迎来一桩锦上添花的盛事，享誉万州古八景之一的岑公水帘洞从三峡工程水位线下乔迁而来，移居渡口崖壁。再现隋末隐士江陵人岑道愿，避乱世来万州，喜崖龛幽静，隐居万州南岸翠屏山岩洞，钟乳石笋门口的瀑布水帘意境。唐宋至明清，历代名流雅士、文人墨客苏轼、黄庭坚、陆游、范成大等在此留下的诗文题刻，也相随其间。过目不忘陆游下岩小留的诗作"画船四月满旗风，饮散匆匆鹢首东。醉里偏怜江水绿，意中已想荔枝红"。我们面对崖壁仰望，呈现在眼前的岑公岩的画面奔腾展开，宛如先人描绘的画卷，"石岩盘结若华盖，左右方池有泉涌出岩檐，遇盛夏注水如帘，松篁藤萝蓊蔚葱翠，真神仙窟！"

　　樱花渡啊，坐在了春风里。一桥向北，长虹卧波，已经成为都市枢纽的网红地。江水滔滔来，浪花滚滚东流去，日出江花红胜火，夜幕拉开疑是九天的银河，千帆远影身边过，掠影万州古风流。

　　临别樱花渡，雨后放晴了。放眼出去，西山一片斜阳，微风吹进樱花渡，绵延起伏的花浪，卷着憧憬的思绪，朝天飘洒，古老而时尚，洋溢着青春的芳华。树丛花间鸟鸣，依着山，望着江，哼着曲，一群少男少女像在绽放粉色的梦想，捧着江花，走进江南的花月夜……

春　光

　　刚过春分，春天像夏天。我信步走到郊外。

　　鲜花调成明艳色调的春天悄悄地变化着。本土的杏花、桃花、李花，外来的樱花、玉兰，都轮流出场后，慢慢地退去了，以规模抢眼的油菜花也是闪亮展现后谢幕了。

　　一条无名的小河，明净而又宁静，弯去弯来，又弯来弯去。小河两岸的竹子空中握手，把小河保护得清清亮亮。长了砍，砍了长，林间新冒出来了密密麻麻的笋尖，洋溢着破土而出的笑脸。

　　山坡上一丛丛枯黄的草蓬，有火烧后的残留，但烧不尽的余生又抽枝吐芽了，橙红黄绿青蓝紫，星星点点在其中，一片盎然的生机，展示着季节的力量。

　　田野里劳作的身影多了起来。起垄，挖沟，除草，施肥，扶苗，浇水，汗滴禾下土，播种新希望。到了黄昏，一家一户才升起袅袅炊烟。

一条有些模糊的小路，很少有人走过了，长满了齐腰身的野草。顺着来到了小河边。一座小桥格外吸引人，风霜剥蚀了桥身。倒挂的枝蔓像风烛残年的岁月老人脸上的胡须，慢悠悠地摇曳着时光。桥下的风景却美得醉人了。那是父子俩，在清澈的水边捞鱼虾。父亲还是个小伙子，儿子也就六七岁的样子，可以说是两个人配合高度默契。小伙子用竹竿轻轻地搅着水下的青苔往沙滩上拉，小孩子撸起袖子在青苔里找虫虫和小鱼虾。放在旁边的小罐子里，粒米大小的几个虾被小孩子当成宝贝守着。这时，一束斜阳洒在河面上，闪亮着金色的波光，温暖而又美好……

天色渐渐地暗下来，林子深处传来了说话声。循声望去还有几个人坐在河边的帐篷里陶醉了。一杯绿饮洗着心。蓝蓝的天，白白的云，青青的草，微微的风，浸润着时光，回到久别后向往的日子。他们好像在看水静静地流，好像在看草无忧地长，好像在看清风里的竹影，好像在看鸟儿归巢时的翩翩起舞……

当我离开这里的时候，突然有个莫名其妙的感觉，这是自作多情的春光吗？

铁路小村

（一）

这里是通往过去的一个入口。

清晨慵懒的阳光，洒在湿漉漉的地面上。小巷深处，不时有人把头伸出门外打望着。斑驳的房子，灰火砖，土窑瓦，门框油漆脱落，防盗门防盗窗铁棍焊接，20世纪80年代的模样，爬满的蜘蛛网在光影里荡漾。保持幽静又不失生气的，是那一棵又一棵叫不出名来的大树，绿荫如盖。向前一个拐弯，缓缓上坡，青石头砌就的梯道，长满了小米苔藓，一脚一脚踩上去，有一种山野的诗意……遇见一个人，白布衫，凉拖鞋，寸头发型，貌似生活很惬意的样子。但一开口说话，就不是那感觉了。从他那儿知道，这里是很久前留下的铁路小村，铁路人世代聚居的地方。虽然远离城市，曾经的繁荣不输城市的小胡同，而且是依山傍水，滋养着一座美院的画风。优美的地域生活，在城市的角落把一切还给最初。而现在人去楼空了！其实在那个年代，这儿是风光的，让人羡慕的。记得当初我从乡下进县城工作，住在一个教师集中的地方。一间木板房，楼底下的声音，隔壁屋的声音都隔不断。共用厕所，洗衣台，蜂窝煤炉子挨着放一排。周末，聚餐在一起，一家上一道菜，其乐融融，互通有无。一个夜晚，暴风雨刮走了屋顶的瓦片，大家顶着水盆往外跑，一切天然自得。现在回忆起来，还念念不忘那种生活的纯粹！继续在这里穿行。每走一步，就有当年的感慨；每停留一处，就有当年的影子；每抚摸一下，就有当年的心动。是呀，就像回到了当年的生活情景中。遗憾的是，正走出这片让人怀旧，又依依不舍的地方，眼前一栋栋房子的墙上，用大红颜色刷上了或拆或迁的字样。三天前，女儿小薇和一帮摄友来到这里，留下了永不消逝的年华！

（二）

生活忆多少？

半残半废的铁道旁，零散的几家小店开着门。涂鸦的画面模糊不清，枯黄泛绿的青藤爬满了墙壁。店主不紧不慢地摇着躺椅。一杯茶在阳光下散发着淡淡的清香。铁道曾在这里分道。一条奔向远方，一条负责就地应急。通往远方的道封了，应急道一年半载也不用了。故在这里，铁道是开放的。天天都有人来，零距离感受铁路的神奇和风采。我对火车是很有感情的。工作不久，上省城开会坐的是火车；成家后，到岳父家去也是坐的火车。那时，火车上的设备简朴，坐的人很自豪；哐哐当当的声音，呼啸而过很兴奋；人多拥挤，人与人很亲切。记得一次在火车上，碰到一个在外地上学的同乡，一瓶白酒，一只卤鸭，伴随一天一夜，外面的话，家乡的话，滔滔不尽地聊。而今铁道事业是鸟枪换炮了，但我还是想念当年的绿皮火车。不过当年是赶路，现在是过慢节奏的日子，也或许是留恋过去的时光。我们在废旧的铁轨上寻找故事。一只黑色的猫迈着"猫步"走过来，像见到主人似的，缠着双脚转，一声一声地叫着，仿佛要告诉我们它在这里生活的一切，倾诉过去今天和将来。转眼来到应急列车停放处，猫儿撒腿一跳，落在了应急列车的尾部横梁上。原来有人性的猫也是如此热恋这里啊！从车头转过一位师傅，一张可亲的脸。欣喜地，也带着些愁绪，他们很快就要搬走了，一群人守了几十年的地方，已经长满了野草。顺着手指的房屋，飘着几缕炊烟，落下了沧桑的印痕，这些都将永远地留在记忆里。此时，顿觉脚下的土地太有温度了！

（三）

白首如新，倾盖如故。

我们来到如故花园，被这个理念吸引了。这儿巴掌大一块地，视觉辽阔，看江看水看河滩。几条小巷起身就走完，藏着的秘密和传说，屋檐下过的火车拖不走，江上的船儿运不了。一道门,一扇窗,一家店,一个洞,一口井,一棵树,一株草,一枝花,还有一块石板,都隐秘其间。摸不透,看不见,有人说都在掌门人心中。转悠下来,如故独立文创的精华就是横江古渡口,还原原住民的生活模样,把土窑造食的文化搬弄出来,选择夏天绽放。一到夜里,天上的星,地上的风,江岸的景,树荫的凉,伴着琴声,闻着泥土草香,畅饮生活的味道,营造出又远又近的时光感觉,一见如故!站在锈迹剥蚀的铁轨上,难舍地回望,这里既普通又简单。屋上长着草,墙上长着树,石缝流着水。一片芳草间,一条凹凸不平的石板路,弯弯曲曲到江边……正午时分。我们又回到铁轨交汇的三角道上,碰上巡逻的铁路工人,依然坚持着最后的守护。历史会记住这里,期待曾经有过奉献的铁路小村明天更美好!

小憩泰安

　　清明节刚刚过去几天，我们又一次来到了"青城天下幽"的后山古镇泰安。天蓝地绿，山静水清。

　　泰安古镇，名副其实。早称花坪老泽路，唐时为味江寨，清时始依场后的古泰安寺易名为泰安场，是成都茂汶、金川物质交流的中转重镇，历来商贾云集，市场繁荣。现在，沿着河流依山而卧的泰安，活出了自己的山乡民居味道，保持着山美水美和人美的风景，我这次来的感受又有所变化。环境有提升，街面更清洁，店铺更敞亮，祥和安静的人文气息越来越浓。始终围着山水做文章，靠山吃山，靠水吃水，富有青城山生态人文特色。

　　这次来，还是选择上次来住的"近水"客栈，更巧的是还是上次住的房间。门前路经古镇的水渠流淌依然，屋后的无名溪流还是像梦一样地水欢。放下行李后，我们慢悠悠地穿行古镇，轻踏石板街，拥抱泛绿的古树，还去吊桥上来回晃荡，一行人孩童般的兴致……

入夜，我们在水边品茶、聊天、喝酒、放松、忘我。从来没有像这样醉怀过。坐在青山里，遥望星空，听水声、闻花香，抑制不住地开心。随感而发，写下了《夜宿古泰安》的词，配上拍摄的两张风景照片，以"青城后山，泰安夜色"为题发到朋友圈，一时间，我的喜悦心情飞到了天南地北……

第二天上午，我们从五龙沟的山水间回来，收到一份意外的惊喜。手机朋友圈跳出一条微信，上面显示《夜宿古泰安》音乐作品演唱小样。太神速了！我情不自禁地感叹。谱曲、演唱者又是胡海舰。这让我想起了出发前几天，我们一起创作《总书记到土家》作品的情景。

是这样的。我们来泰安之前，习近平总书记坐飞机、火车，转乘汽车，深入重庆石柱土家访问的消息，沸腾了重庆，沸腾了中国。[1]特别是总书记对土家人的深切关怀，让土家人感动得热泪盈眶。我也同样激动，连夜创作了《总书记到土家》的词作品，一发到音乐创作群里，没想到集作曲、演唱、制作于一体的胡海舰，在第一时间把音乐作品推出来，在全国音乐网络平台发布并传唱。

那时那刻，一行人自然把话题又扯到了创作上来，说

---

[1] 《将实事真正办到群众心坎上》，求是网（http://qstheory.cn/laigao/ycjx/2022-03/25/c_1128503735.htm）。

泰安山幽静，水灵动，人纯朴，侧耳聆听、静心感受的都是流淌的旋律，处处是歌。的确是这样，不仅仅是山、水让你陶醉，人更有情怀，像家人一样好处。我们两次来都切身体会到，虽然是风景区，但是不拉客，不宰客，只喜客。"近水"客栈的老板给我们讲，他们几弟兄有家有业，为了父亲的遗嘱，至今没有分家，日子过得和谐而又甜蜜，整个古镇可以夜不闭户。

离开的那天早晨，山里暴雨如注，伴随着闪电、雷鸣和大风，整个古镇雨雾笼罩。客栈老板送我们上车返程，就在撑伞和收伞瞬间，把全身衣服湿透，还不停地朝我们挥手。又一道风景留在了我们的记忆里。

汽车徐徐前行，车内响起了《夜宿古泰安》的音乐清唱：

太阳落下山／月亮挂青檐／几条石板街／长卧溪水边／吊桥手儿牵／银杏树摸天／抬头数星星／心儿云里穿／往事煮酒香／举杯聊炊烟／钟敲红烛燃／声鸣古泰安

古泰安／青城后山／古泰安／梦听水欢

垫江·拾萃

（一）

浸满了诗情画意的明月山，静静地卧在垫江城边，细数着斑驳的阳光。近处竹韵婆娑、松风轻盈，远处青山如黛，绵延百里，晴时山云叠翠，雨时云海翻滚。荫蔽在半山腰雷家湾高山梯田间的——巴谷宿集，以住在稻田峡谷云海之上的独特风格吸引着千里之外的游人。前几天，安徽电视台《民宿里的中国》栏目组一帮年轻人，慕名而来体验式采风采访，惊叹"乡村振兴入口"就应该是这样的模式。

其实，民宿是由山窝窝里散居的农家演变而来，山还是那山，水还是那水，土还是那土，田也还是那田。不同的是来了一个革故鼎新的室内设计改造，比那大都市的星级酒店还有范儿。朴素的外观依然保持浓郁乡村风格，土墙、灰瓦、田埂、梯田、庄稼，牛棚变成了栅栏式的书吧咖啡屋，厨房搬到稻野乡间，崖边的泳池俯瞰前川。自然原始的风貌让人瞬间宁静踏实，来到这儿就挪不动脚，舍不得离开。这或许就是民宿的价值所在。

　　清晨，坐在庭院露台上，看远山晨雾缭绕，山风把人吹得发呆，思维停止，似乎时间也停止了。午后漫步，心境如潺潺流水般舒缓。夕阳西下，满山的静谧和依恋。夜幕时分，万籁俱寂，铺满露珠的乡间小路蜘蛛网似的，见泥不沾泥。竹笼灯罩三三两两散落在田间，透出柔美的亮光，宛如萤火虫入夜的浪漫。最美的风景还是那本土大妈们纯朴的笑容和忙碌的身影，在自己美丽的家园快乐地劳动着，惬意地生活着，日出月落，宿集为家，用双手翻耕出稻米花香的甜蜜，分享给南来北往的客人。

（二）

　　老百姓住在一个没有围墙的新村公园里。明月山脚下的毕桥村"火"了！取经的人来来往往，络绎不绝。欣赏村里四季的田园诗赋，更流连这里的一笼乡愁……

　　毕桥，亦是俗称的笼篼湾。湾里的老人说，很久以来因爱编织笼篼买卖补贴家用而得名，从两百年前一户黄姓人家繁衍至今，已有十姓五十户人家了。"笼篼"古往的传承，落在了当下笼篼湾人的肩上，他们在村口用竹子搭建起"幸福满笼篼"的时光隧道，穿行进村，"笼篼"为魂，村道、路灯、店铺、亭阁、游园、小溪，还有黑瓦白墙的院落村舍，都形象生动地植入了"笼篼"文化，从精神上延展出一笼乡愁看得见的韵味，提炼出建设平安、自强、勤俭、向善的家园。难能可贵的是，这个村戴上了"中国最美休闲乡村"等桂冠之后，对箩篼文化有了自己的最新诠释，有赋见证——

箩篼者，上圆下方，外圆内空，农人贮粮之容器也。

箩篼湾者，巴渝百年湾落也。因编织箩篼而得名，尊箩篼文化而勃兴。……

今之箩湾，喜逢盛世，连片整治，地瑞村新。道宽路阔，阡陌纵横；民居俨然，绿竹掩映；鸡鸣鸟唱，炊烟直轻。入户可闻乡愁味，行走田间听乡音！

（三）

恺之峰，牡丹源，樱花世界，稻田花海，垫出"江来"，春天画卷徐徐展开。最近，又以崭新名片——三合湖，亮相东部新区，成为垫江之眼。一走进这里，正在形成的一片浪漫水天，文笔不凡，让人心潮有些涌动。

"汇仁山智水，天地人三合妙采；集芳物嘉景，灵秀雅一湖流光。"钩沉的古往，活化的人文，把千年的垫江典雅浓缩浮现在眼前。文峰、明月、虎山、凤岭，湖光里的山色；飞阁、烟亭、花影、瑶台，回廊里的风景。堪称匠心的是，几年前三合湖建设还是一张图纸的时候，把文化保护、传承和挖掘推到了首位，坚守植入原创性地域性特色。四座桥的命名就是根据曾经或现在的乡镇名而来，分别是福安、永安、长安、武安，寓意国泰民安。还如像

四段艺术景墙，呈现的是石磨豆花之乡、铜管乐之乡、寨卡文化之乡和书画之乡，彰显人文韵长……

  短暂的时光，总是浮光掠影。但漫步其间的画面已经是挥之不去了。最难忘的是那些从泛黄的史页里呈现出来的楹联和诗赋。镌刻于此的南宋诗人范成大路过垫江所作作品《垫江县》，特别吸人眼目——

青泥没髁仆频惊，黄涨平桥马不行。
旧雨云招新雨至，高田水入下田鸣。
百年心事终怀土，一日身谋且望晴。
休入忠州争米市，暝鸦同宿垫江城。

嘉陵江上小北碚

一个赤日炎炎的下午,我第二次来到盛名在外的"金刚碑"这个小村落。举目一望茫茫的绿野,眼前瞬间变成了一个清爽的世界。手里的第一份折页资料展开,跳入眼帘的便是"金刚碑"的由来。相传因缙云山一石七米多高,状似一碑,直接深入嘉陵江,有人曾题刻"金刚"二字于上,故而有了"金刚碑"之传说。

小村落,在山涧的谷底。没有怪石嶙峋的奇特,没有壁立千仞的悬崖。树木苍翠而又古老,长出了千姿百态,有的坐如钟,有的弯如弓,有的挺立就像一座峰,遮天蔽日,婆娑起舞,流水潺潺的声音被沙沙的树叶声音淹没了。青石板尘封的故事,岁月涤荡的老街,在丛林间延伸;砖瓦和屋檐都挂满了往事,在小巷像梦一样地飘零;浓浓的巴渝民居特色,还隐隐约约地留有烟火熏蒸的记忆。

一个古朴风清、幽深宁静的小山村，千百年来坐拥在嘉陵江边。站在村口，一江碧波万里来，从脚下流过，两岸水草青青，野鸟翻跹。从江里爬到村子的那条山路像一根纤绳一头拴着船一头拴着树，望着千疮百孔的一片片礁石泊睡的沧桑，自然而然地有了一种穿越感，仿佛来到了兴于清朝康熙年间的场景，能听见喧嚣的码头昼夜人声鼎沸，力夫穿梭的吆喝；能看见船帮上上下下，马帮川流不息，一浪又一浪的乌金滚滚而去……

远古走来的小山村，曾因水而兴，因星罗棋布的小煤窑而富。已经剥蚀的墙面、门框、窗格，残留着发黄的历史印迹。一步一步地挪动，还可一处一处地捕捉到米行、油行、酒坊、茶馆、客栈和铁匠铺等多达数百个店铺商摊的影子。那时，一到黄昏，小小村落里的溪河两岸半山腰就有船主、帮主、煤炭商和力夫出没青瓦房，船运发达，带来旺盛的人气。现在，人们在那些不起眼的小板墙房子里依然能触摸到当年的过往，仿佛能听到当年留下的足音。正如这里一条小巷的名字"不如烟巷"，也就是说这儿的往事可以尘封，但从不会如烟！

小山村灵动也厚重啊，漫步在任何一个空间，都能阅读到数百年来的光阴故事。据资料介绍，老舍、缪崇群、梁实秋、顾颉刚、傅抱石等人在这儿或留下身影和足迹，或留下散文和诗篇。历史学家翦伯赞在此期间出版了《中国史纲》第一卷和《中国史论集》第一辑。同时，这里又是当时知名学校的摇篮,梁漱溟创办了"勉仁书院",张之江创办了"国立国术体育专科学校",还诞生了"草堂国学专科学校"。曾经的人文历史和学术沉淀,也让这里在抗战时期成为大家云集的文化圣地。

百闻不如一见。如烟的往事凝结在如今这样的一个小山村,"活化"成重重叠叠的一串串故事,挂在树梢,藏在桥洞,摆在床头,泡在茶杯,窖在酒缸,若是轻轻地钩沉,就有山风一样的嘶吼,铃声一样的叮当,酒香一样的味道……

神秘神奇又神往。心中永远有座"金刚碑"的小山村,无愧是嘉陵江畔的"小北碚"!

泥土里的影子

山城巷

　　国庆刚过两天，我和朋友如约来到向往已久的山城步道，而今的山城巷。那是一个下午，秋雨绵绵，像曼妙的仙境……

　　没有想到的是抬脚就是风景。乘车来到长江边上的中兴路，从起点上走进山城巷，江岸秋色朦胧。拾级而上的石梯，湿漉漉的，留下的印痕，有些光亮。走到这里，就像睡了很久很久的老人，眨眼有了时光转换的感觉，烟火底色，依山步道，望江听涛，爬坡上坎，石梯布状。1902年法国传教士在此巷立杆点灯，为路人照明，也有了天灯巷、天灯街之说。相比下浩里、十八梯逝去的背影，这儿的旧街巷陌多了份幸运；相比当下磁器口的人声鼎沸、洪崖洞的摩肩接踵、李子坝轻轨穿梭的热烈和火辣，这儿却有山城歇脚的宁静。走进入口处的第一眼便是一巷市井风情，古树浓荫下，时隐时现的或是板门，或是框窗，或是吊脚楼，或是土著习俗店铺。青瓦灰砖相间的墙壁，残留一些描摹，水弄声，池弄影，叶弄翠，花弄色，黄葛树宅一杯茶饮，洗去疲倦，心儿伴着余音袅袅的琴声恣意地绽放！

有人说起爬坡上坎就会锁起眉头，然而在这里爬坡上坎就别有一番心境。可以说是一步一岁月，步步都值得回望。若是由北向南，走完全长1700多米，那酣畅淋漓的滋味中，处处触摸着老重庆的过去，感受土著民步道上下的生活日常，往昔肩挑背驮的身影，更有登攀望远的心高气爽。燕子岩那家燕子旅馆，鹅岭上的那些厂房，枇杷山上那片林立的居民楼，紧紧地连接在一条道上。虽然挡不住时光的吞噬，但在一天一天地翻新，已经融入了时尚大都市的生活。途中，可用双手翻阅长河的卷浪。天主教仁爱堂旧址、厚庐、长乐永康石朝门、亦庐石朝门、体心堂42号民居等极具特色的历史风貌建筑从心中掠过，泛起涟漪。

入夜了，这儿半山灯火半山雾。徜徉在小巷里的小巷，那一条条像毛细血管的曲径蜿蜒错落。忽高忽低，忽宽忽窄，忽长忽短，忽明忽暗，像走进从前的岁月，体验着陈年往事，那灯那光也有满满的年代感，重庆老城的味道十分浓厚，来来往往的人都在深情地感受和细细地品味，有多少人就有多少种感慨和说法。回归步道的老火锅，转角路口的小酒馆，在与往事干杯；卖汤圆的老板娘，辣椒小抄手，成了小巷的风光；茶屋和花厨香飘在夜

色铺成的童话故事里,美若那天上的街市。此时此刻的我和圈坐的朋友,不约而同地想起镶嵌在入口处的那首诗,郭沫若笔下《天上的街市》。为此,特别作了摘录。

> 远远的街灯明了,
> 好像闪着无数的明星。
> 天上的明星现了,
> 好像是点着无数的街灯。
> 我想那缥缈的空中,
> 定然有美丽的街市。
> 街市上陈列的一些物品,
> 定然是世界上没有的珍奇。
> ……

最后离开这里的时候,临近午夜时分,山城小巷依然天街一般,灿若星河。

山间老屋

雨后的早晨，乡间滴滴答答的水声格外清脆，每一片小草的叶尖上挂满了晶莹的露珠，零零散散的鸡鸣狗吠声唤醒了院落，生机勃勃的庄稼地里已有稀疏的人影在匆匆地忙碌。云雾缭绕，远山起伏，山脊上若隐若现的铁塔和电线杆像地标似的耸立着，线网像乐谱一样舒展，似乎有天籁般的声音由远而近，悠扬的晨曲飘了过来……

半山腰有间老屋，有些沧桑，但朴素的气色还在。周围的竹木青翠，岁月更迭的影子撒满了林间，留着软软绵绵的悠然时光。连着院落的一坡石梯已没有轮廓了，被青苔包裹着，脚步烙印下的故事，应该有悲怆也有酣畅。石梯旁边的那个水井，出水百年了，滋养了几代人，几块石板搁成的井口被柴刀磨出了深深的岁痕，至今还在源源不断地流淌，抚育着这方土地。池塘摇曳着波光，盛满了沉沉浮浮的往事，残垣断壁的黄土墙内还能回味作坊的面粉香；尚存的几间青瓦屋还能回望老宅的模样；留守的炊烟还承载着几辈人的眷恋。一位年少时走出去的八旬老人回到院坝里走着碎步，沉淀着过往的心事……

老屋的主人是一位乐观爽朗的老大娘，嫁到这里后已经居住了六十多年，眼里写满了故事。老大娘一副手脚麻利的样子，看不出一点儿暮气，正兴致勃勃地和她曾经的邻居聊着往事，滔滔不绝，如数家珍。说着那些年，白天卷起裤腿种庄稼，晚上在月光下给乡亲放电影，一山又一山地翻，一坝又一坝地穿，给封闭的山村打开了一扇窗口，大人小孩都期盼着，由此，很多孩子都立志要到外面的世界去看看……

不一会儿，云开雾散了，蓝蓝的天，青青的山，耳听鸟鸣，处处花香。紧邻旁边的楼房，年青一代正在忙着"农家乐"一天的开张，树上摘果，池塘网鱼，林间捉鸡，地里拔菜。城里人进庄，像走进亲戚家里那样，愉悦的心情，亲切的笑声，主人也非常好客，全家动员，喜上眉梢。农家小女孩，两个小辫儿，一双脚跑得欢，到了节假日和周末，主动帮着爸妈，为客人上茶水、削水果、端菜、扫地和分装垃圾，能做的事儿她都做。小女孩笑起来真好看，红扑扑的脸，雨珠般的汗，双手展开，像一只花蝴蝶飞来飞去。

沏一杯新茶，坐在老屋旁的桂树下，惬意地品味着农家生活。回想起我儿时的老家在这个季节忙收忙耕忙种的情景，每天在太阳底下收麦子、割油菜、泡秧田，还要给苞谷苗施肥。民间相传"立夏立夏，碰上亲家也不说话"，学校应时放农忙假，我们也跟着忙得一塌糊涂，累得爸爸妈妈腰酸背痛。而时下的这里，弯弯水田变成了波光粼粼的鱼塘，蘑菇云似的遮阳伞下，一群人目不转睛地盯着鱼竿，等待着收获下一刻的惊喜，旁边的桑葚园传来孩子们的笑声，橘林深处曼妙的音乐也拨动着人儿的心弦，老屋也在初夏阳光的映照下，变得温暖又亮堂。

山间的老屋经历了岁月的风雨，安详地依偎在大山的怀里，那是家的记忆，情的依恋。延续的烟火变奏成的山乡小调，永远会在山里萦绕，牵引着每一个从老屋里走出去的人。

山　秋

后靠山，前望川，秋风轻轻摇，鸟儿落山涧。一个有些年代感的农家院子的地理位置真实写照，整个院落依山壁立，悬在崖边，站在屋檐下远望，心跳加速，手心冒汗。转过身来，整洁的院子升起袅袅炊烟，秋荫人家的烟火气息才让人渐渐平和下来。

山雨后的仲秋，早晚已经是很浓的凉意。沿着一坡石梯子陡下，走进这家古朴而又有些时尚的茅草门檐。院子周围沟沟坎坎，渠水蜿蜒；青青的菜苗，含笑的山花，节节拔高的翠竹青葱如盖。池塘里，波平如镜，倒映着青山包围的白云和蓝天，一群鸟儿掠过云水长空。更抢眼的是那一孔山泉，从山顶上一块青石缝隙渗出来，一路歌声，源源不断，不知流淌了多少年。滴水之恩，当涌泉相报，主人而今有了几分雅兴，专门修了间精致的灰砖青瓦房，冬暖夏凉。为了不断山泉思家的念想，在墙壁和屋顶上用野藤织满了乡愁，请来两尊石狮蹲在门口两旁，守护来自天堂的音响，并取名"禅音泉"，美妙的泉水声动人心弦。侧耳一听，真是天籁般的禅音，还有缥缈的余音在回响……

来到装满陈年旧事的老房子跟前，墙还是那黄土墙，瓦还是那灰土瓦，屋顶一丛丛枯黄的野草迎着风儿在摇曳。立面作了些改旧如旧的装饰，彰显白云深处的人家风貌。一阵香甜浓郁的桂花香扑鼻而来，抬头一望，原来是房前屋后一排排桂花树飒爽地排列着，金桂银桂正尽情地享受着阳光恣意绽放。每一棵树，喜成秋色，都揣着自己的梦想，仿佛听到了花开的声音，有的成了秋的使者，有的变幻成了雨的模样，有的在酒杯里挥洒着芬芳，有的陪着玉兔同月亮歌唱……梦幻一般地走在铺满桂香的小路上，浅浅地吟唱李清照那一首《桂花》短诗，自我陶醉了。"暗淡轻黄体性柔，情疏迹远只香留。何须浅碧深红色，自是花中第一流。梅定妒，菊应羞，画阑开处冠中秋……"

午后，慵懒地躺在岩边老屋檐下的一把竹椅里，慢慢悠悠地品一杯清茶。山脚的远处，谷黄的乡间，几堆烟火缓缓地升空，突然想起童年时代的这个时节。那时，天不亮踩着晨露转遍收割后的田间，捡那些没有收干净的稻谷、高粱和黄豆，到了中午，把煮好的饭菜用竹篮提到田间地头，送到爸爸妈妈的手中。他们忙收又忙种，没有丝

毫喘息的时间。天黑了，一家人举着火把回家，挑的挑，抬的抬，背的背，汗水一路淋湿了月光。还好，虽然现在不忘往事岁月，但不再重复往事岁月了。一种幸运感、满足感悄无声息地在全身荡漾。

这时，喇叭声声，山谷回荡。出山归来的主人，忙不迭地招呼着大家，从院落的林子里提出一篮鸡鸭鹅蛋，为我们做了美美的晚餐。席间，一桌丰收的话题滔滔不绝。

秋分已过，层林尽染的秋色让山里充满了喜悦。夜间的山坳，次第亮起了小灯笼，与山外万家灯火的城市交相闪烁，映红了星空……

初见池海

庚子三九天，回到万州，来到冠有"西部边陲、重庆池海"美名的弹子镇，与开江开州交错搭界的地方。山上还有残雪，山地霜还重，躺在冬水里的薄冰正在阳光下慢慢地溶化，像银蛇缠腰的山道盘旋而上，车窗外层层叠叠的小山村云烟缭绕。

十一时许，我们到达。"借问家何处，穿云入翠微"的意境一下就扑入了心怀。荷池，鱼塘，湖泊，满满当当的冬韵；山湾，半岛，流云，都有鸟儿的歌唱；乡间，水间，林间，像泼墨后的浸染，处处如画；诗赋，歌谣，传说，留芳在山崖间。跟着山转，跟着水转，如梦如幻，一步一景入眼帘……

中午时分，一餐饭吃得满口鱼香。围着露天的柴火灶，一边观海听涛，一边品味着原生态美味，就地就时自产自作的食菜清香欲滴。土碗喝酒，大块吃鱼，泡姜、剁椒、豆腐、莲子、叶芽，催生味蕾的绽放。有人夸张地感慨，这儿的胖头鲢子鱼一身贵族气，吃的是山水之精华，不仅颜值高，而且品质优秀，一方水养出了不一样的一方鱼。据了解，这儿的前身是20世纪50年代建成的长池水库。如今水库四周丛林环绕，半岛势若九龙卧槽，108个小山包遥相呼应，呈现出了"众山捧一湖、半岛卧九龙"的自然风光。伫立山顶，极目鸟瞰，水库在蜿蜒曲折的山峦半岛的遮挡下，看似被分隔成了一系列波光粼粼的"大水池"，犹如一颗颗散落的珍珠，镶嵌在郁郁葱葱的森林之间；在水库周边一道道连绵起伏的山坡上，层层梯田和池塘，就像排放有序错落有致的一个个"小水池"。密密麻麻的大小"水池"组成了"池的海洋"，于是成了天然的"池海"。正好《池海神龟的传说》中又讲道，吕洞宾解读池海龟背上的蝌蚪文字为"慈海有灵，泽被后人"，"池海"谐音"慈海"而正式确名至今。于是这方广阔的水域貌似为千岛湖状，成了远近闻名的鱼世界天堂。中央电视台《远方的家》摄制组慕名而来，就在我们吃鱼的这张桌上向世界展示了池海吃鱼的农家风情。

  这方山水的前世今生都有传奇的故事，也是人文厚重的一片沃土。境内史记有"青吉寨、长陵寨、四方寨、大平寨"。四寨的构架一个规律，即每两寨相隔不远，长陵寨与青吉寨相对而建，大平寨与四方寨相对而立。"连营叠阵""贼攻一寨，则一寨固守，众寨截其归路"，在与敌军或土匪作战中可以形成掎角之势，相互支援，共同抵御敌方的进攻，以增加取胜的砝码，确保寨堡中民众的安全。在四座古寨堡之间，还有苟府大院、戏楼、望月楼等古建筑遗址。相传黑山古道上一古稀长者，抱竹筒，执简板，倒骑毛驴踏歌而行。"春有桃李枝枝茂，夏赏荷花满池中。秋来丹桂香风送，冬雪腊梅伴老松。"唱词声声入耳，句句池海风光。突然间，我想到了当代著名的军旅诗人、作家张永枚先生，他是从这里走出去的，戎马一生，享誉神州。二十多年前他回到万州故里，我有幸参与了接待的相关事宜，并陪同良宵。事后为了纪念他的此行，我还连夜写了题为《我和永枚乐良宵》的短文，其情其景回想起来历历在目。自那以后更加敬畏和思念永枚先生。他创作的《人民军队忠于党》《骑马挎枪走天下》《南海渔歌》《西沙之战》等代表作品时时萦绕耳边……

　　后浪推前浪，一浪又一浪。眼前，相伴左右的一个小伙子，津津乐道地给我们介绍，这儿交通也摆进了大格局，高速公路将在身旁穿过。他把这山这水这土爱在骨子里面了。后来才知道有些儒雅的他，叫陈孟杰，父辈也是从这儿走出大山的。于是他作出了个"叛逆"的决定，在中国农大毕业后，义无反顾地回到了世世代代流过汗水的土地上，挥洒青春热血，搏浪心中的海洋。妻子也是学农的高材生，被他感动，放弃了大城市熟练的工作岗位回到这儿助力挑战。小夫妻俩立志围绕资源做好三篇文章，把生态农业、生态旅游、生态养老融入乡村振兴战略,让故乡的土地插上翅膀飞翔起来。

　　我们走在长长的亲水环湖道上,冬日里难得的阳光洒满了湖面,闪烁着金色的波光。栖息在九湾十八拐的候鸟,轻盈而自由地在水面舞蹈。"落霞与孤鹜齐飞,秋水共长天一色",青山绿水风儿甜,思绪随波荡漾,心情随鸟蹁跹……

滨江小筑

滨江小筑，小巧，玲珑，别致有韵味的农家风貌，由农村小院修饰而成。前面有水，后面有山，隐藏在万州区大周镇长江边茫茫的橘林深处。走进小院，满满的春色扑面而来，文化味儿很浓。石窝、石钵、石缸、石槽，培植的小景美不胜收。一棵古老的桂树斜倚在围墙的端头，倒影在水池里摇曳着时光。顺着弯如月亮的户外楼梯，来到楼上的房间。眼睛一亮，乡下的都市房间。掀开帘子，打开落地窗，一眼望出去，如诗如画。千里来又千里去的长江就在面前流过，一条亦梦亦幻的彩色步道就在窗外愉快地延展。大周溪口的江边码头上人流如织，天空白鹭翻飞。荡漾在水岸边的抚琴广场、八角井广场和日月广场尽收眼底。十里滨江长廊绽放出独有的亲水魅力……中午时分，阳光尽情地绽放。我们在小院的树影里用餐，感叹着民宿的风情和浪漫。这家老板长得敦厚，也有几分儒雅，脸上洋溢着满足和喜悦。他一直感慨感激脚下这片热土地，碰上了天时地利，他的左邻右舍，都动起来，富起来了。近几年的民宿、农家乐、自助野炊站如春笋般冒出来了。老板娘更是春风满面，操一手好厨艺，"鸡吃叫，鱼吃跳，青菜露水炒"，能上厨房又能上厅堂，把一个民宿小店经营得有声有色。席间，知道了他们也是很拼的，放弃了在城里打工换来的舒适生活，回到家乡再砌炉灶过日子，相守在这儿很多个春秋了。其实，他俩的选择，代表着时下乡村的潮流。这里占尽了山水优势，靠城靠江优势，四季花果优势，还有厚重的文化沉淀。所处的万州区大周小镇，渣子门遗址证实是峡江地区人类最早生活地方之一，发掘出自商周以来的文物，现存观音阁造像、崇正书院、金银洞崖墓、狮子头崖居等遗址遗迹，记载着悠远的历史。如今乡村旅游把文化钩沉融合了，古红橘丛林、牛耕体验、相聚三生缘，一处一处地鲜活展现！不经意间，一个长江三峡边上的大周小镇美名传开了，生意也火起来。央视《远方的家》摄制组来这里拍摄水上卫士中山杉；央视《春暖花开》栏目直播了这里的生态环境；铺垭古红橘在这里出发上了太空。马云旗下的成功女士彭蕾也多次回到家乡，为这里做了一桩桩公益性的事儿，助跑乡村旅游。最近，重庆一支皮划艇爱好者队伍云集这里横渡长江！下午，走出滨江小筑，悠闲地漫步。或江边或橘园或花间，水声风声鸟声犹如《春江花月夜》余音袅绕，心旌也随之摇荡。每到一处，都会看到未来的憧憬，正在延伸一个更大的格局，全力打造科教亲子小镇！离开滨江小筑时，带走一个印刷精美的小册子。首页有一首题为《大周放歌》的小诗，我很喜欢，作了抄留："千载峡江灵秀处，日月留恋九天外。一枕银涛听渔歌，总依长虹醉乡怀。红橘悬金香满襟，白鹭亲人过楼台。赞天化育生生地，绿水青山待客来。"

德心桥

雨后的三月天，分水岭上万物复苏，向着太阳，披着春光。踏上万梁驿道，去感受千古，抚摸沧桑，被一座名为"德心桥"的桥留下深深的感动。

万梁驿道是荆楚吴越之域入蜀到川的必经之道。随着岁月的远去，一些路段已经消失殆尽，而分水至孙家一段，因在大山丛中，个别地方仍是人迹罕至，侥幸保存至今。

这座桥不算高大，深藏于古驿道由东到西的起段上。那天，我来到它的身旁，却十分震撼，凝思了很久，真没有想出一句贴切的话来表达此时此刻对它的敬畏。站在杂草丛生的桥面上，淡淡的风、薄薄的雾、浅浅的露，轻轻地吹、满山地飘、晶晶地亮。深涧、沟壑、绝壁、山崖,全都在眼底下,时光瞬间涓涓地回流。尤为意外的是,在这样的深谷里,看见了飞机、动车、汽车,都在云里穿梭飞越,久久激荡,握手时光朝前的飞奔速度。在这交错的思绪里,我有一个梦,托付给这座桥,好想与远古通个话。接着,信步走到桥下的溪沟,几乎干涸。万年冲刷的石头,长得圆头圆脑的,卧睡一槽。有的像睁开的眼睛,有的像张开的耳朵,有的像在远望凝思,有的又像在嘶喊,活化千年。仔细地由上到下、由里到外地打量这座桥,其实又显得多么简单和平凡,青石、独拱、圆孔,平平地躺在山水间。

这座桥因为生于远古而生韵,越看越耐看。像少女梳妆的古镜,像桃李花开的扇窗,像新婚花烛夜的月亮,像融化在冰川的太阳,其实最具象的是一个大大的"爱心"。兴许是它弯下身子,让人世间风雨兼程,感动了天地,才有幸生存到现在。唯德动天,泼墨流芳。南宋著名诗人陆游夜宿"德心桥"时,赋诗题刻:"滑路滑如苔,涩路涩若梯。更堪都梁下,一雪三日泥!"清乾隆年间,督学吴省钦路过此地也留下了诗句:"晓度分水岭,昼过银河桥。风声斑马声,夹磴鸣萧萧。"

……

这座桥让人回望感叹。至今,在桥西端的石壁上,隐

隐约约残留着"心桥"两个大字,见证着千古的厚重,沧桑的光芒。我还会去探望,走一走那一块块青石铺成的路,顺着崖边的羊肠小道去攀援,寻找岁月的痕迹!

2019 年 3 月

青天月

初夏的上午,太阳爬山,我们也爬山。一步一身汗,爬上了云端,歇在海拔一千五百米的人头山。带路的是在这儿山居三十八年的老乔,他一见面就一嗓清腔唱响了山寨,空谷传声,漫山回应……

这山坐落在鄂渝交界的七曜山群峰之中,万州以南从西到东平行走向的两大山脉之一,是冰川时代造山运动而形成高耸的峰岩,远处看顶部巨石酷似人头而得名。有长诗记其事。"……人头古寨,雄踞七曜山群山中。回溯亿年前,造山运动显奇功,单石成峰多如笋,白土人头独称雄。宛如巨人伫山巅,朝北复朝南,纵目观群峰。"

午时许,青天下的人头山寨,云风扑面而来,瞬间又不知下落,不见踪影。老乔虽然年事已迈,但是身轻如燕。他一直走在前面不停地介绍,还不时停下来照顾我们。来到寨脚,朝天一望,壁立的刀背梁上悬空架着百步天梯，一路人不由心惊胆寒。好在近年装置了栏杆可扶，我们一路小心翼翼、诚惶诚恐，不敢有丝毫大意，终于触摸到了云中山寨。所谓的山寨，就是峰巅上一座形似人头的圆柱巨石，"寨顶高千仞，奇石凌苍穹。下有古树长藤荆棘相钩连，上有万丈顽石绝崖凌长空。千步穷其巅，只有木梯鸟道石磴与寨通。雄鹰欲上难插足，猿猱思登愁难攻……"

我们在寨顶基座的平台上，极目远眺，一览众山小，这绿盖的山川，广袤的田野，都在脚下，神奇而又宁静。可是，老乔每次站在这里，心潮就起伏，按捺不住。曾几何时，他在这座山上经过风，淋过雨，穿过云，扎过雾，背起太阳忙栽忙种满山跑，以山为伴，以酒为歌，以歌壮胆。他的经历感动了远方来的姑娘，在这里收获了天赐的良缘。万万没有想到，这座山现在"火"起来了。面对天天来一拨去一拨的考察人，涌动着无限的期待！

老乔爱山如命，被民间传为爱山奇人，故别号登攀、升攀。据介绍，他有过传奇人生，曾经是响当当的民间艺人，能歌善舞，吹拉弹唱、杂技魔术，门门不深，但样样都会点。或许家寒和其他伤痛的无奈，他曾经只身上了人头寨，以洞为家，度过了他二十六年的崖居生活，常人皆无法想象。早上迎着红日出山，晚上借着月光回山。孤独的生活起起落落，老乔却乐观面对，从未屈服。时不时在崖洞里搞没有观众的个人演唱会，借着蓝蓝的天幕上洒下的星辉月光,把层层叠叠的远山夜色剪影当作观众,自弹自唱自演样板戏,男声、女声、童声轮番演绎,自得其乐,回到上山前跑江湖的那个状态。

这座山从山脚往上看,一座半圆形的山峰,排列着三个峰巅,相距百余米,都是人头凤冠,一个角度一张脸孔。横看一条船,云海扬帆,竖看一座峰,活现巨人的伟岸,民间传颂,那是仰天长梦的伟人,寄怀苍天,横扫尘埃,佑一方百姓风调雨顺。顶峰往下看,一座山又像在大海里航行,风卷浪涌。不一会儿,云雾散尽,阳光像聚光灯似的照在大地上。山脚下一个以山峰命名的人头村,美得让人心旌摇曳。起伏的山峦,绿水湾湾,盘绕的村道,五彩的田园,香飘的炊烟,还有小车在土家的新楼间穿行……

如今年过花甲的老乔,虽然身板单薄,但精神矍铄。结束了崖居生活,住进了自己命名的"天星楼"。喜欢这儿的风景,更喜欢这儿的星和月。说起这里的山水、沟河、巨石、古树、山鸟、野果,了如指掌,如数家珍;说到青天明月、雨后彩虹、晨雾秋色、千山冬雪等自然景观,更是声声称绝。山里传说的穷孩子与夜明珠、百年古松与五子登科、山峰与古舰、巨石与将军等已成为他看山的掌故。说到现实版刘孟伉的故事,更是滔滔不绝。据《万州人头寨散记》记载,刘孟伉出生于人头寨东南方原万县正治乡,近云阳县清水乡,与人头寨遥遥相望,是

"印诗书三绝、文武艺一家"的奇人,解放战争时期下川东游击队七南支队司令员兼政委。他于1941年至1942年间登临人头寨,并以《至白土坝因登人头寨》为题,写出32言183字的长诗,对于人头寨的雄险奇秀做了充分的肯定,称人头寨"山势九成仍九折"可"上揽青天月",比天生城、葵花寨更好更绝!

临下山时,太阳已经西下。我们来到了一方石壁前,见到了刘孟伉"上揽青天月"盛赞人头寨的原文石刻。

老乔撩开丛生的杂草,轻轻地抚摸,我们也轻轻抚摸,仿佛摸到人头寨顶上那一轮圆圆的青天月……

春日小坐

初春的下午,太阳融化成的温暖还在汨汨地流淌,所到之处,柳梢抽出了纤细的芽,星星点点的花蕾也露齿而笑,一夜由寒回暖,明媚的春意点缀着大街小巷。

江北嘴的三洞桥,那已经成为过去的记忆,如今衍生一条窄窄的小街,顺着江岸蜿蜒,一排传统与时尚相得益彰的小楼错落有致地矗立着,很是雅致。三洞桥入口处标牌显示"叁洞桥",则引出了不少的猜问,由简到繁,由繁到简可能都有典故和革新,随人随心去吧。因为地处两江四岸独特的地理位置,不仅是重庆本地人常来小坐,南腔北调的人都慕名而来打卡,有的是朋友小聚,有的是情侣相伴,也还有独自发呆的,都旁若无人似的,沉浸在自己的世界里。

我选了一张没有遮阳伞的露天小茶桌坐了下来,一束蜡花插在小花瓶里,浅黄色的花朵娇羞地开放着,像是初恋的少女般。一束阳光正好洒在茶具盘子里,频频地闪烁着。好奇的是，这儿用的茶具，不是陶壶，不是瓷杯，而是精致的玻璃茶水壶具，壶的手把像挂着的一轮缩小的弯弯月亮，壶盖又像传统里的一顶童帽，更为奇特的是壶嘴，像那昂起的龙头，往晶莹剔透的水壶倒进沸腾的水，里面的片片茶叶缓缓地舒展，轻轻地滑落，水色慢慢地泛绿，盛在杯子里后却又是浅浅的黄，第一时间闻到了春光沐浴的绵绵清香……

这儿的时光曼妙多彩。江边波光粼粼，三五个孩童在大人陪伴下在水边戏水，虽然只能看到他们的背影，但是一阵阵笑声隐隐约约由远而近，画面温暖又有生机。两条亲水步道并行随着江水延伸到尽头，三三两两结伴而行的人群悠悠然然，踩着夕阳的余晖，看那两江潮水卷浪而来的奔放，静静地享受着属于他们的慢时光。水位退去的一方礁石，远远望去像侧着身体裸睡的汉子，脊背上站满了小憩的白鹤，吸引着水边草丛里一群摄影人，更有水上运动的高手在江上踏浪放歌逐梦！

阳光给朝天门长江大桥镀上一层金色，倒映在江水里的长虹随着波浪缓缓摇曳，有节奏的轰鸣声敲打着轻轨奔跑的节拍，划破了江上的宁静。正在偏西的阳光从朝天门挤进来，洒在长江和嘉陵江的汇合水面，闪烁着金色的浪花。

慢慢地，阳光的暖意逐渐褪去，太阳落下山了，天色也暗下来。迎面的南山剪影峰峦起伏，从山那边飞过来的不是倦鸟，而是一架架飞机在夜空呼啸。周围林立的高楼依序盛装登场，或璀璨，或闪亮，或神秘。我突然想起，去年的一个冬夜，也是在这里，触景生情，有感而发，写下了词作品《江北嘴里那些楼》，至今还能默诵：

江北嘴里那些楼／浪漫北滨怀里搂／长在云里头／推窗望渝州／景观夜色摩天秀

楼上楼的那清吧／眺望山城云水游／桥开朝天门／科幻千古留／耳畔两江潮水吼

相伴千厮门站在两江口／风舞大剧院交响大江流／风情心动三洞桥里头／踏浪爱河抛绣球

走一走，游一游／望一望，楼外楼／江北嘴里的那些楼／眼里处处竞风流

走一走，游一游／望一望，楼外楼／江北嘴里的那些楼／一夜修到了云里头

回过神来，三洞桥像换了个脸谱似的，瑰丽的灯光笼罩下的风情小楼满溢酒香……

溪口的故事

　　阳春三月，又一次来到万州溪口乡。那一片蓝天，那一方青山，那一江春水，那一坡果林，那一条溪流，还有那飘逸江岸的彩色步道，让人心旷神怡。江边的临港小镇，像是长江怀里的一颗明珠，清风徐来，碧波荡漾，安静而又甜美。在这里，以往未曾听说过的传奇故事，如雨后的春笋纷纷破土，在乡间传开。有关于物的，有关于人的，让人啧啧称奇。

　　清晨，友人带着我们去乡间探秘，双脚踏行其间，面前像一幅幅古色古香的画卷缓缓地展开。建于清代的溪马古道残存下来的遗迹，弯曲盘旋在长江南岸，两到三米宽，松松软软的枯叶厚厚地覆盖着。建于民国时期单孔石拱的海安桥，锁在深闺，东西桥头的踏道岁痕累累，桥的北侧昂扬的石雕龙头依旧灵动。传说中的香炉山，有两朵酷似灵芝的飞石，一朵叫金灵芝，一朵叫银灵芝，相对而立，高高地耸立云天。尤为神奇的要数这块土地上，曾发掘出一枚陶制中国象棋棋子，专家称，是我国目前出土最早的象棋实物。据资料记载，这枚棋子直径2.9厘米，厚1.3厘米，上面用阴文刻有"车"字样，说明早在约2000年前，象棋就成为三峡地区人民的休闲娱乐用品了。

在玉竹村的服务大厅，目睹了一座令人惊叹的巨型麒麟根雕，听闻了一个关于它的神奇故事。去年6月，一村民在长江水位渐渐地退去时，发现裸露的江岸浮泥处，有一个怪模怪样的东西，于是邀约了几个人从土里掏出来，并抬送到了乡里，经清洗后，一个寓意祥瑞的麒麟根雕跃然眼前。究其由来到目前都还是个谜，有的人说是远处随着山洪泥流而来，也有的人说是长江水位上升将根雕淹没沉至水底，水位回落后冲现而来。究竟是哪儿来的，专家正在考证。乡里介绍说，出土这尊文物的下渡口，自古名叫麒麟村，后来繁简白话为其林村，三峡工程蓄水前，也曾为政府驻地。可以想象的是，这里的历史上绝非不毛之地，或许因江而立，或许因水而兴，或许因产而荣，或许那时就有了祥瑞之气，心中也便有一座与龙凤并称的麒麟瑞兽之神。也正因为如此，从水而出的"麒麟"，如今成为当地街头巷尾津津乐道的吉祥话题。

最让人动容的还是张树才"舍身炸碉堡，英魂感天地"的战斗故事，老乡们说起英雄无不热泪盈眶，为家乡有这样一位英雄感到骄傲和自豪。

张树才出生于1908年，是溪口乡九树村里的人，小时候在这里饱尝了人间的苦难和艰辛。挨过地主的皮鞭，经受过国民党抓丁的灾难。1947年5月，他成为一名解放军战士，次年加入了中国共产党。据资料介绍，张树才在淮海战役中攻打大张庄时，危急之际，挺身而出，用身体将二十多斤重的炸药包顶在碉堡上，在烈火中永生！他所在的十七师掀起"学习张树才，杀敌立功"的活动，新华广播电台（中央人民广播电台前身）和新华社分别以"人民英雄，无上光荣""人民英雄永垂不朽"为题，报道了张树才烈士的英雄事迹。欣慰的是，《淮海战役烈士小传》所录十位著名烈士英雄事迹，张树才烈士排在第一位！

踏在张树才烈士的故土上，心潮难以平静，也感慨万千。能告慰英雄的是，血染的风采，已经化为沧桑的巨变。在溪口的青山绿水中，触摸到了烈士故乡的温度，英雄的精神将代代相传！

溪口的孩子们正用一把剪刀传承着传统剪纸文化，记录着家乡的甜美生活，努力实现着他们的梦想。祈愿溪口的明天正如剪纸艺术作品那样，"兰怀幽香""梅开五福"！

城池小景

霜降已过，常理是秋天即将结束，冬天即将来临。然而，眼下的沙区公园却像春天那样生机盎然，雨后的早晨更添清新自然的魅力。

走进园林幽深处，听着鸟儿和虫子有节奏的韵律声，脚步也轻盈地飘起来。或平躺，或仰卧，或在爬行的蜗牛，集结似的小憩在石头栏杆上，享受着湿漉漉的晨光。来回的曲径小道旁边，除了那些刻满先贤人文故事的小景小品在这里闪着光外，还有春泥的芬芳，有树叶一片未挂的枝头，露出了花儿的笑脸，和香溢的桂花正在比美争宠，摇曳着风儿的舞步。

来到水边，一口城池。波平如镜的水面，蹲下来欣赏湖的辽阔，水天一色的浩然。远远地看去，四面山色如黛，城市中央镶嵌着一枚翡翠。从山顶俯瞰就像一口池塘，灵动一湾。围着水转，倒映着碎碎的阳光，移动的云朵，婆娑的树影，翘檐的亭阁，泊岸的游船，绿如华盖的荷叶，还有水鸟在芦苇里起舞弄清影。让人惊讶的是，水岸四周围满了晨练的人群，一个观水平台一个组合，都有一个领头者，门道五彩纷呈，拳打脚踢，领诵的，领舞的，领唱的，领拍的，各领神功，声波一浪又一浪，此起彼伏，像愉悦的神曲，荡漾在水怀。

我在水上的跳磴石上停下了脚步，想起了前不久和老乡聚会在此的情景。记得那天阳光明媚，一群来自几十年前同事的乡亲，一边叙旧一边游园，就在这个跳磴石上留下了今生今世最美丽的欢乐时光。女人们，个个都展示出头巾、纱巾、披肩以及裙服，盛装出镜，一个石磴上站一个人，用手牵出了连接的风景，水下是波光粼粼的倩影，水上是阳光下的灿烂表演。男人们，幸福填平了皱纹，挽手在石磴上，一曲"雄赳赳气昂昂"，仿佛走过人生的波浪。大家一起去水边的一片黄葛树林饮茶清欢，夕阳从叶间泼洒，斑驳的光点落在盘根的缝隙，大家不约而同地抒发着绿叶对根的情怀。不停地回忆着生养的地方，联想起当年出个村口比登天还难，山不见林，沟不见水，日子望不到尽头，许多代人不敢想象的美好让我们梦想成真。不是吗？这次聚会，有的人从几百里之外，说来就来了！

我继续朝一孔小桥走去。微风抚平了水面，一支小船朝着小桥方向划过去，翻犁一沟浪花，远远地看，非常亮眼。船上有个黄色的背影，双手握着竹竿，竹竿的端头是网筢。当他穿过那孔小桥时，像弯身穿过月亮一样的壮美。走上小桥，才发现船上人是一个年过花甲的清漂自愿者。船的尾端放着午餐盒，船舱里是刚刚捞起的树叶花瓣和枯黄的水草。油然而生"朝花夕拾"的感慨，早上的花开自然很美，落霞的夕拾却是永葆自然更美。由此，还想到出自唐的徐安贞、韦应物分别描写"城池"开头的诗句："城池青壁里，烟火绿林西"；"川谷风景温，城池草木发"。

走着走着，风儿撩开了薄薄的雾纱，太阳当空了，天新地新水也新，来来往往的人情不自禁，意犹未尽。又双双对对穿梭盆景园，版纳风情林，惬意地漫步在弯弯曲曲的水岸画廊里……

缙云深处

缙云山深处的三河村，因石梁河、青龙嘴河、王家桥河交汇而得名，至今仍然是城里人眼中的一座远山。晴天里，有千姿百态的云朵，悬绕在巍巍山顶上，跟风儿一起舞蹈，一到夏夜，萤火虫点亮的山谷，呈现银河一样的梦幻。雨天里，有仙游一般的美丽动感，山雾时而厚厚的时而薄薄的，一会儿聚集一会儿飘散，小溪潺潺的流水声，有如天籁之音的曼妙……

走进这里，脚步会在突然间放轻放慢，心中会有油然而生的安静和惬意。蓝色的天空下，自然的民居，疏疏密密地分布在山花丛林里，诗意田园的村庄跃然眼前！

来到塘边，坐在一棵半枯半荣的槐树下，四下风景目不暇接。池塘水面就像一方镜片，波平如洗，被染绿的云影、山影、草影、鸟影的画卷，一幕幕地浮现。偶尔一颗石子丢下去，又溅起水花，漾起涟漪，摇曳的水草间是密密麻麻的小鱼和虾。从塘边连接农家小院的小路长满了野草，石梯盖满了青苔。拴在门前的大黄狗，见生人走近，便邀功似的狂吼，有些粗厚的声音在宁静的山村传播开去，远处的同伴立马声援回应，气势如雷贯耳，尽管知道是拴着的，但仍有恐惧，狗吠声此起彼伏，强弱交替，突然觉得大自然的声音如此灵动，顿觉美好，便静静聆听欣赏。可能是累了吧，声音越来越弱，慢慢地没有了，恢复了先前的宁静。

朝山后远望，是一片上通云天下接地的竹山，正好一阵山风拂过，还有绿浪的余波在起伏。眼前的房屋就在这山脚，人字形，青瓦顶，雪白墙壁，银灰墙脚，门前的栅栏爬满了长藤。屋里的老人听见了外面有人说话的声音，便走出小院斜倚着院墙的门框，自言自语地说道："现在好了，不到塘里去洗衣淘菜了，也用不着去挖泥拌土钻竹林了，住的房屋也翻新了，出个门都是车去车回了……"从主人那里知道，她们经历了征地拆迁，现存的竹林口、堰塘湾的原住居民，已经过上了新农村建设带来的幸福生活！确实是这样的，山外的人就在她门前利用资源竖起了"镜蓝染"牌子，弘扬植物染技艺……

转身来到山谷留下的连片洼地，原滋原味的田园，田围着山转，水围着田转，鸟儿在湿地里梳理羽翼，觅食撒欢，犹以那一湾辽阔的荷田让人流连忘返。画家的笔下留过她的彩色四季，也留过她黑白的绰约风姿；诗人的诗行里描述过她的情思，也和她一起有过夏日的怒放；歌者面对，更是情至深处，宛若水般一起流淌。而此时此刻的我们，却被她美醉了，即使有妙语连珠，也很难刻画出山洼里不一样的碧海来。于是城里的人，把露营的帐篷插在这片荡漾的"心海"上，听那玉盘落珠的声音，看那荷花仙子起舞，闻那风儿散发的清香。

这时，有孩子们的笑声、叫声从稻田里传过来，循声过去，场景热爆。一个灌得满当当的水田，一端是满栽满插的水稻秧苗，已经扶正泛青；另一端是专门用于孩子们做"浑水摸鱼"游戏的场地。一群八九岁模样的孩子整整齐齐地站在水田边，口哨声一响，便像青蛙一样扑通扑通地跳进了水田里，在浑浊的泥水中抓鱼，比赛在相同的时间内谁抓的鱼最多。孩子们紧张而又兴奋地穿梭在水田里，有的叫着、有的笑着、有的不小心滑倒，有的抓住的鱼又滑掉……这群原本干干净净的孩子都变成了泥人，头发里也裹着泥浆，家长们只能凭着声音辨识自己的孩子。忙碌在泥浆里的孩子们，开心地沉浸在游戏情境中，表现出了老师和家长从没发现的机智和勇敢。游戏比赛在家长们一遍又一遍的催促中结束，孩子们极不情愿离开水田，排着队在阳光下冲洗泥浆，一张张笑开的脸意犹未尽。听说，他们接着还要去看森林童话镇专为儿童举办的"花田蕾蕾"画展，夜幕降临后，他们将同萤火虫一起飞舞！多么幸福的童年！

太阳快要落山了，光芒变得柔和温润，就要离开这里了，心里有些依依不舍。连忙站在村子里的高处，再一次环顾回望，夕阳下的山，夕阳下的水，夕阳下的田园，还有耸立在村子入口处的巨幅字牌——远山的呼唤！

泥土里的影子

巴山小记

　　初夏，我回到阔别三十年的大巴山深处，那一帧帧熟悉又亲切的画面，瞬间勾起了布满尘埃的记忆，令人百感交集，感慨万千。心河滔滔啊，一波又一波，难以平静……

　　曾经瘦骨嶙峋的山，肥美而丰盈了，横看成岭侧成峰，仰望和俯视都是满目向往的春光；曾经浑浊干枯的沟河，清澈而见底了，潺潺流淌，白云也跟着玩起了水漂儿；曾经崎岖的山路，宽阔而平坦了，闪烁着油亮的光泽，来来往往的喇叭声在空谷里回荡。

　　穿行在湿漉漉的晨雾里，我们一行走进了一个生态养殖基地。四面青山环绕的谷底，回旋着令人陶醉的声音。时而清脆，时而婉转，时而嘹亮，时而雄浑，此起彼伏，似一首灵动妙曼的奏鸣曲。一排蜂房的声音被一山鸟儿的声音淹没了，一山鸟儿的声音被松林间一群雄鸡清嗓的声音淹没了，而松林间一群雄鸡清嗓的声音，又被一个吊脚楼里面几只大黑狗的声音淹没了，只有一群鸭子不慌不忙，不凑热闹，"嘎嘎嘎"的几声后，扑通扑通地跳进了鱼塘，把昂起的头深深地埋在水里，享受美美的早餐。塘边上的太阳伞下，坐在这里的主人，一身轻便的时装，一杯茶，一支烟，一张陶醉的脸，怡然自得的样子，目不转睛地盯着水塘里游来游去的鱼群。他介绍，这里零零散散的只有几家人，大片大片的林山，已经是财富了，林让山绿，山让水清，在山谷筑了一个堤坝，围成了三个鱼塘，就是他家富足日子的主要来源。说着说着，有买鱼的打来了电话，主人顿时眼睛一亮，随即满脸笑容荡漾开去，洋溢着幸福的满足。

其实，二十年前，这片土地经历了一场令人扼腕的灾难，就在这方土地上发生过惊天动地的天然气井喷事故，带来了不小的伤亡。这么多年过去了，山村重归宁静，面对走出阴影的大山，面对走出阴影的山里人，我肃然起敬，在心里默默地祈祷，愿这方土地永远平安。

太阳爬上山来了，我们继续在阳光下攀行。翻过了几道梁，绕过了几道弯，来到一个叫"高桥高"的山坳里吃午饭。农家院里，门前屋后花香四溢，地坝里晒着刚出锅的洋芋片，屋檐下的挑梁挂满了脱壳的苞谷。进到屋子里，堂屋是堂屋，歇房是歇房，灶屋是灶屋，电气化了，里里外外干干净净的。与当年比，真是翻天覆地的变化啊。还记得我第一次走进这大山里,在一个叫天宝寨的地方驻村工作,晚上夜宿农家,悬吊铁罐,围炉吃饭,时不时从门缝里吹进来的风,把火塘里的柴灰吹得满屋飘散,晚上睡在苞谷壳的被窝里,若遇下雪天,便会通宵偎依在火塘边取暖……那时候的山里人就不甘落后,有着改变旧面貌的雄心壮志,打响了土地治理的"百日战役",坡改地,地改田,掀起轰轰烈烈的农田基本建设热潮。当时,我采写的一篇题为《倒角滩在桃溪河伸直》的新闻通讯,有幸在省报上发表!

正沉浸在如烟的往事中,一桌浓浓的巴山味道扑鼻而来。爽口润滑的大米凉粉,绵绵实实的红苕粉,二面黄的嫩豆腐,红糖穿衣的糯米欢喜头儿,油炸的洋芋片,清炖的老腊肉,还有鲜蛋和葱花汤。吃着吃着,洋芋饭上来了,老大爷一声招呼稀客的笑声裹着乡音,牵出过往的情思,将我的内心深深地缠绕!

下午,天有些阴沉了,方圆百里的崇山峻岭依然通透。巡河的河长,把我引到一条叫"天河"的河岸上。远远眺望,水从天上来,水域的支系细而密布,一艘飞艇飞过,平静的水面荡起一圈粼粼波纹,瞬间变成了一张美丽的画卷。亲近水边,又是另一番景象,云在水里漂流,水在云里涌动,两岸的小村庄,似乎醉成了风儿,摇荡在茫茫的绿海里。说起源头,河长有些激动,水库坐落在开州西北部高桥紫水麻柳交汇地带,坝高 105 米,水面 314 公顷，库容突破了一亿立方米。原来这里就是锁在深闺里的"鲤鱼塘"，是镶嵌在大巴山脚下的一颗明珠，它既是庄稼的命脉，也是生活的命脉。一方水土养一方人，一方山水有一方情，勤劳善良的大巴山老百姓用智慧和汗水创造了这方人杰地灵的土地。

啊！山山水水梦一回。突然想起了前些年在大巴山采风写的歌词作品《山山水水梦一回》，曾经唱响在央视舞台，那旋律、那歌词顿时回响在我的脑海里——

> 山还是那片山，水还是那沟水
> 山村的人儿变俊美
> 男人歌喉像鼓擂
> 女人心瓣像花蕾
> 世世代代的梦啊
> 圆在我们这一辈

> 山还是那片山，水还是那沟水
> 山村的故事比画美
> 男人牵着太阳丰收回
> 女人挽手月亮情在飞
> 世世代代的梦啊
> 圆在我们这一辈

山还是那片山，水还是那沟水
山村的日子真甜美
男人一杯烧酒壮怀享百岁
女人一根银线巧绣鸳鸯醉
世世代代的梦啊
圆在我们这一辈

我对于大巴山的眷念，会与杜鹃一样烂漫，与松柏一起生长。